Wambua

Geboren in der Regenzeit

Andrzej Frydryszek

WAMBUA

www.elephant-skills.com

Cover- und Bildgestaltung: Anna Cosma

www.anna-cosma.de

ISBN-13: 978-1508437390
ISBN-10: 1508437394

WAMBUA

FÜR
AGNIESZKA
UND
RENATE

WAMBUA

INHALT

VORWORT

Für wen ist dieses Buch? Ein Buch über einen kleinen Elefanten, der im Zirkus auftritt, verschiedene Tiere trifft, lässt vermuten, dass es sich um ein klassisches Kinderbuch handeln könnte.
„Kindern erzählt man Geschichten zum Einschlafen - Erwachsenen, damit sie aufwachen".
Diese Worte las ich einst beim Autor Jorge Bucay, der als Gestalttherapeut in seiner Arbeit mit Klienten gezielt mit Geschichten arbeitet.
Davon inspiriert, mache ich jetzt, Jahre später, genau diese Erfahrung in meiner Arbeit als Trainer und Coach. Während meiner Trainings werden die Augen der Erwachsenen immer besonders groß und eine spürbare Aufmerksamkeit schwingt im Raum, wenn ich eine Geschichte erzähle oder vorlese.
Kurze, bildhafte Beschreibungen, oftmals über Tiere, die mit der Macht des Bildes und in ihrer Klarheit uns Erwachsene für einen kurzen Augenblick wieder mit den offenen Augen eines Kindes sehen lassen.
Zu Beginn eines Coachingprozesses bitte ich meine Klienten deshalb gern, das Anliegen so zu beschreiben, dass es auch ein vierjähriges Kind verstehen würde. „Welches Symbol oder Bild könnte Ihr Anliegen beschreiben?“, „Stellen Sie sich vor, Ihr Anliegen wäre gelöst, was hat sich verändert?“, Welches Bild sehen Sie?“, frage ich weiter.
Dieser Perspektivwechsel befreit von der Komplexität eines erwachsenen Geistes und erleichtert das Erkennen von Zusammenhängen. Daher habe ich meiner Erzählung einen bildhaften und symbolischen Charakter verliehen.

Schnell stand fest, dass der Hauptakteur ein Elefant sein wird, denn dieser trat schon sehr früh in mein Leben.

Als meine Familie mit mir von Polen nach Deutschland übersiedelte war ich achtjährig und der festen Überzeugung, dass wir jetzt in „Reichtum" leben würden. Ende der achtziger Jahre gingen viele polnische Familien nach Berlin, denn Berlin war Deutschland und das bedeutete Freiheit, ein sorgenfreies Leben und Überfluss.
Eines Tages gaben mir meine Eltern das erste deutsche Geld, nur für mich allein, eingepackt in einer ausgewaschenen Heringsdose. Ich versteckte sie unter meiner Jacke und rannte sofort in die Spielwarenabteilung eines großen Kaufhauses. Siegessicher packte ich einen Einkaufskorb voll und lief damit zur Kasse. Nachdem die Kassiererin alle Plüschtiere über das Band gezogen hatte, begriff ich überhaupt nicht, was diese von mir wollte, als sie hektisch in meinem Geld herumwühlte. Ich musste das Kaufhaus ohne ein einziges Spielzeug verlassen, war unendlich traurig und verstand die Welt nicht mehr.
Die Anfangsphase war für mich schwierig, ich sprach kein Wort Deutsch und fand mich in der neuen Realität kaum zurecht. Meine Eltern wollten mein kleines Einkaufstrauma besänftigen und schenkten mir einen Plüschelefanten. Er war dick und weich, hatte einen geschwungenen Rüssel und große Ohren. Irgendwie war er ganz anders als mein Bild von einem Elefanten. Sein Rüssel war schief gewachsen und seine Ohren waren rot gepunktet. Auch ich war in meiner neuen Realität anders als die anderen Kinder und so wurden der Elefant und ich beste Freunde.

Seitdem begleitet mich der Elefant; sei es als Kuscheltier auf dem Sofa, als Steinfigur auf dem Schreibtisch oder als kleiner Glücksbringer in meinem Portemonnaie - sogar bei meiner ersten Ausbildung zum Trainer. Für das Auswahlverfahren war eine kreative Vorstellung gefragt. Ich trat vor die Auswahlkommission und die anderen Teilnehmer und leitete ein, ich wäre gern, wie ein Elefant. Das Staunen war groß, und als ich begann die bewundernswerten Eigenschaften eines Elefanten zu erklären und aufzeigte, dass es Eigenschaften sind, die einem Trainer nur zugutekommen können, gewann der Elefant weitere Anhänger.

Elefanten gelten als gutmütige, ausdauernde, intelligente und sehr verspielte Wesen. Mit ihrem Gewicht und ihrer Größe sind sie naturgemäß langsam. Sind sie jedoch genug motiviert, entwickeln sie mobilisierende Kräfte und werden verblüffend schnell. Zielgerichtet gehen sie ihren Weg, ohne dabei andere Lebewesen zu stören. Sie laufen bei all ihrer Größe nahezu geräuschlos und haben keine natürlichen Feinde. Das bedeutet allerdings nicht, dass ein Elefantenleben frei von Komplikationen verläuft.

Und genau hier beginnt die Geschichte.

DER KLEINE ELEFANT IM ZIRKUS

„Lass los, mein Sohn!“, rief sie. „Lauf, Wambua!“

Er wollte tun, was sie ihm riet, wollte laufen, schnell wie der Wind. Doch sein Körper wollte nicht. Er wurde immer schwerer und müder und schließlich stolperte er und sank schlaff zu Boden. Die Stimme seiner Mutter wurde leiser und leiser, bis sie ganz verschwunden war. „Warte!“, wollte er rufen, doch es gelang ihm nicht. Seine Augen fielen zu, er hörte nichts, er roch nichts, er fühlte nichts.

Als der kleine Elefant aus diesem Traum erwachte, war es dunkel, schwarz wie der Schlaf, der ihn noch halb umschlungen hielt, und die Luft war kühl und feucht. Sein Kopf wog schwer und die Ohren hingen wie Blei an ihm herunter. Der Boden unter ihm war steinhart, der Geruch um ihn herum beißend. Alles war völlig fremd.

Zögernd und voller Furcht richtete er seinen schwerfälligen Körper auf, doch als er das linke Bein heben wollte, spürte er einen starken Widerstand. Etwas Hartes bohrte sich in seine Haut, klirrte bei jeder Bewegung und riss ihn zurück. Panisch drehte er seinen Kopf nach hinten und tastete mit der Rüsselspitze. Ein Ring umschloss sein Bein, eine Kette hielt den Ring, ein Pflock hielt die Kette, und all dies hielt ihn – er war gefangen! Als wolle sein Herz die Strecke, die seine Beine nicht laufen konnten, bewältigen, stürmte es voran, stolperte, raste. Sein Körper aber blieb stehen, zitterte, und die Verzweiflung legte sich wie ein schwerer von Tränen durchnässter Vorhang über ihn. Nein!, dachte er, und mit einem Anflug von Entschlossenheit stieß er einen markerschütternden Trompetenschrei aus, schlug mit den Vorderbeinen gegen den Boden, zog an der Kette, in alle Richtungen. Mit jedem Versuch bohrte sich der schwere Metallring tiefer in die Haut, doch der kleine Elefant wollte nicht aufgeben. Auch als er spürte, wie seine Haut sich öffnete und das Blut Fessel und Boden glitschig machte, zog und zerrte er daran. Er machte weiter, bis die Schmerzen größer als sein Wille geworden waren, bis die Kraft ihn verließ und er verstand, dass Ring, Kette und Pflock viel stärker waren als er. Da gab er auf, glitt zu Boden und lauschte dem Schlag seines Herzens, der immer langsamer wurde. Träge bemerkte er, dass er diese Melodie tröstlich fand. Traurig schloss er die Augen.

WAMBUA

Der Wecker klingelte wie immer um 6.00 Uhr morgens. Für gewöhnlich hätte Herr Buntstern zerknittert drein geschaut und würde sich nur mühevoll aus dem Bett zwingen. Viel zu sehr liebte er es, in seinen Träumen auf Fantasiereise zu gehen, neue Welten zu entdecken und fernab des grauen Alltags faszinierende Spektakel zu erleben. Den grauen Alltag konnte er seit Kindesbeinen an nur schwer ertragen. Tage, die sich wie endlose, gleichförmige Schleifen aneinanderreihten und sich kaum voneinander unterschieden, waren ihm lästig. Ihm waren Herausforderungen lieber. Und wenn er welche fand, suchte er gleich neue, die die vorherigen noch übertrafen. Deshalb war er im Zirkus im richtigen Element. Er erinnerte sich gut daran, wie ihn die bunte Pracht und die Magie, die im Zirkus in jedem Staubkorn funkelte, als Kind faszinierten. Er hatte Akrobaten und Tiere aus fernen Ländern bewundert, die im Scheinwerferlicht wie Gestalten aus anderen Galaxien wirkten. Und als er alt genug war, schrieb er die Warnungen seiner Eltern in den Wind, ging zum Zirkus und wurde Tierpfleger. Das war eine gute Wahl, denn seine Ideen begeisterten die Besucher, schnell hatten sich seine spektakulären Auftritte herumgesprochen und niemand wunderte sich, dass er binnen kürzester Zeit zum Zirkusdirektor aufstieg. Und als solcher öffnete er nun seine müden Augen und dachte an die Ereignisse der vergangen Tage zurück, die ihn auch in dieser Nacht kaum hatten Schlaf finden lassen. Er sah sich in der afrikanischen Steppe, fühlte die Hitze und roch den Staub, der ihn und seine Angestellten auf Schritt und Tritt begleitet hatte. Noch einmal hörte er im Geiste die ohrenbetäubenden Laute der riesigen Elefanten als er sich dem gerade geborenen Elefanten näherte, um ihn in die Falle zu locken. Jedes Mal, wenn ein wuchtiger Elefant mit seinem Rüssel zum Schlag ausholte, wachte er schweißgebadet auf.

Seufzend rappelte er sich auf, schlüpfte mit den Füßen in die Pantoffeln und lächelte siegessicher. Die wilde Elefantenjagd lag hinter ihm; all die Kraft und Mühen, all die Kosten und Vorbereitungen hatten sich gelohnt. Er hatte das Sozialverhalten der Tiere monatelang studiert, war gut vorbereitet – auf den Zusammenhalt der Herde, den Gemeinschaftssinn und auch auf die verzweifelte Liebe, mit der die grauen Kolosse ihr Junges verteidigt hatten. Ja, eine wilde Elefantenkuh hatte ihn mit ihrem Rüssel heftig zu Boden geschlagen und jetzt humpelte er auf dem linken Bein, aber was bedeutete das schon? Er hatte Erfolg gehabt! Nur ein junger Elefant war formbar, würde zu ihm Vertrauen aufbauen und sich zu Kunststücken verführen lassen. Sein kleiner Elefant.

Selbstzufrieden lächelte er sich im Spiegel seines Wohnwagens an. Wie es sich für einen ehrwürdigen Tag gehörte, betrieb er seine Morgenhygiene mit besonderer Hingabe. Alle sollten spüren, dass mit diesem Tag die Wende in der Erfolgsgeschichte des Zirkus einkehren würde. Weit und breit hatte kein anderer Zirkus einen Elefanten. Bald schon würden die Samstagabende ihm gehören, dachte Herr Buntstern, während er seinen markanten Schnurrbart hingebungsvoll zwirbelte und sich seinen Zylinderhut auf den Kopf setzte. Dann griff er nach seinem sorgsam ausgewählten edlen Gehstock, dessen Messinghandgriff zu einem Elefantenkopf verarbeitet war, warf einen letzten Blick in den Spiegel, begutachtete sich von Kopf bis Fuß und öffnete die

Wohnwagentür. Warme Sonnenstrahlen begrüßten ihn, und er deutete sie als gutes Zeichen. Er hüpfte die drei Treppenstufen hinunter und begab sich vergnügt in Richtung des runden, rotblau gestreiften Elefantenzeltes. Es war eine kleinere Kopie des großen Zirkuszeltes, damit sich der Elefant von Anfang an wohl fühlte und wusste, dass er der Star in der Manege war. Auch im Inneren war dieses Elefantenzelt der großen Manege nachempfunden. Nur dass hier in der Mitte ein Pflock eingehauen war. Und an diesem war der Elefant angekettet und konnte sich komfortabel in alle Richtungen bewegen – bis hin zur Zeltbahn, in die Herr Buntstern sogar Fensteröffnungen hatte einschneiden lassen. Hochzufrieden spähte der Zirkusdirektor jetzt in das Zeltinnere, wollte seinen Schatz betrachten – und erstarrte. Da war kein Elefant! Mit fliegenden Schritten stürmte er vor, schob die Eingangsplane beiseite und riss die Augen weit auf. Der kleine Elefant lag schlaff am Boden und aus einer klaffenden Wunde an dem angeketteten Hinterbein strömte Blut. Waren all seine Mühen und Investitionen umsonst gewesen? Voller Entsetzen eilte der Zirkusdirektor zum Elefanten, warf seinen Gehstock zur Seite, krempelte die Hemdsärmel hoch, legte seine Handflächen auf den Hals des Tieres und suchte den Puls. Nichts! Ob das an der dicken Haut des Elefanten lag? Herr Buntstern schwitzte. Was sollte er tun, wenn der kleine Elefant gestorben war? Wie würde er vor allen Leuten dastehen, denen er vollmundig eine sensationelle Show versprochen hatte? Er sprang auf, rannte aus dem Zelt und schrie nach Doktor Bernhardt – so laut, gellend und eindringlich, dass der Tierarzt nur wenige Minuten später im gestreiften Schlafanzug und mit seinem Arztkoffer in Händen vor ihm stand. Dass er mit seinem Gebrüll auch die ganze Belegschaft geweckt hatte, die sich nun neugierig vor dem Elefantenzelt versammelte, kümmerte ihn nicht. Und auch wenn er ihr aufgeregtes Gemurmel hörte, wandte er sich nicht zu ihnen um und erklärte ihnen nichts. Stattdessen ging er angespannt vor dem Zelt auf und ab und ließ den Eingang des Elefantenzeltes, in dem der Tierarzt verschwunden war, nicht aus dem Blick. Als er es nicht mehr aushielt, folgte er dem Arzt in das Innere der Elefantenbehausung und war erleichtert, als dieser ihm mit zufriedenem Gesichtsausdruck entgegenkam und ihn über den Zustand des Elefanten in Kenntnis setzte. Herr Buntstern, der Triumphe immer gern zu teilen bereit war, wandte sich nun also endlich an seine Belegschaft und verkündete donnernd: „Liebe Kollegen, ich darf Ihnen mitteilen, dass es dem Elefantenbaby gut geht. Wir haben es hier mit einer kleinen Kämpfernatur zu tun, die vergangene Nacht den Kampf mit der Kette aufgenommen hat. Doktor Bernhardt hat die Wunden verarztet und dem Racker eine Ruhephase verordnet." Er lachte etwas zu schrill und tupfte sich den Schweiß von der Stirn. „Er wird genesen. Ich habe die Situation unter Kontrolle", schloss er und entließ die Belegschaft mit einem ungeduldigen Wedeln seiner schweißnassen Hände. Tatsächlich aber wuchs sein Zorn mit jedem Atemzug. Bis der Elefant wieder gesund war, würde viel Zeit vergehen. Und Geduld hatte noch nie zu Herrn Buntsterns Stärken gehört. Beharrlichkeit sehr wohl – aber nicht Geduld.

„Der kleine Dickhäuter scheint ein Dickkopf zu sein", brummte er ärgerlich.

„Wie wird der kleine Kämpfer heißen?“, fragte Emil, der Zirkusclown, und Herr Buntstern bemerkte, dass keiner der Zirkusleute sich vom Fleck bewegt hatte. Er zog die Schultern hoch. Über einen Namen für seinen kostbaren Fang hatte er bisher noch nicht nachgedacht.

„Wie wäre es mit Kilian?“, schlug Julian, der Seilakrobat, vor. „Der Name bedeutet Krieg, Kampf und Kämpfer. Offensichtlich scheut unser kleiner Freund den Kampf nicht und das ist eine gute Nachricht, Herr Direktor.“

„Warum sollte das eine gute Nachricht sein?“, knurrte Herr Buntstern und dachte an die Verzögerung der Trainingsstunden und die unnütz verrinnende Zeit, die der Elefant benötigen würde, um wieder gesund zu werden. Dann aber hatte er plötzlich ein Plakat mit dem Schriftzug „Kilian, der kleine Kämpfer“ vor Augen, und was er sah, gefiel ihm. „Also gut“, grummelte er, missmutig darüber, dass ihm der Name nicht selbst eingefallen war. „Wollen wir hoffen, dass Kilian seinen Kampfgeist in Zukunft zum Ruhme und nicht zum Ruin unseres Zirkus einsetzen wird. In diesem Sinne, zurück an die Arbeit.“ Die Zirkusangestellten klatschten übermütig und Herr Buntstern entließ sie mit einem gönnerhaften Lächeln.

Tage und Wochen vergingen. Der kleine Elefant gewöhnte sich langsam an seine neue Umgebung und verlor die anfängliche Scheu vor den Menschen, die ihn täglich in seinem Zelt besuchten. Besonders viel Zeit verbrachte der Mann mit dem Zwirbelschnurrbart mit ihm, der von allen Mitarbeitern Direktor genannt wurde. Er saß stundenlang vor ihm und sprach mit einer sanften Stimme. Der kleine Elefant, der mittlerweile gelernt hatte auf den Namen Kilian zu hören, schaute ihn anfangs nur an und war unsicher, was diese menschliche Gestalt mit Stock und humpelndem Bein von ihm wollte. Vielleicht hatte jemand das Bein dieses Menschen auch an einem Pflock angekettet, vielleicht hatte er auch versucht, sich von der Kette zu lösen und sich dabei verletzt? Ganze Tage verbrachten sie so zusammen. Mal erzählte der Mann im Zylinder fröhlich vor sich hin, mal schwiegen sie stundenlang. Eines Tages machte sich bei Ankunft des Direktors ein verführerisch süßer Duft im Zelt breit. Neugierig richtete sich Kilian auf und beobachtete den Zirkusdirektor, der sich wie immer in seinen Stuhl setzte. Diesmal stellte er einen großen Bottich voller golden leuchtender Kugeln vor sich und versteckte sich dann hinter einer Zeitung. Kilian lief das Wasser im Mund zusammen. Was auch immer im Bottich war, es zog ihn magisch an und er stampfte noch lange hin und her, bis er sich überwand und langsam in Richtung Zirkusdirektor und Bottich schlich. Einen Meter vor dem Bottich blieb er stehen, reckte vorsichtig seinen Rüssel dem Bottich entgegen und ließ dabei den Mann, der hinter seiner Zeitung einen vertieften und abwesenden Eindruck machte, nicht aus den Augen. Dann nahm er ein paar Nüsse, lief mit der Beute zur Zeltmitte und verschlang sie. Der süßliche Erdnussgeschmack machte ihn glücklich. Er lief mehrmals hin und her und blieb letzten Endes vor dem Bottich stehen und schaufelte die Nüsse in sich hinein. Dabei ließ er den Zirkusdirektor völlig außer Acht und bekam nicht mit, dass der Mann seine flauschigen Borstenhaare am Kopf streichelte. Erst als der Bottich leer war und Kilian wie aus einem Rausch erwachte, bemerkte er die Hand und die unmittelbare Nähe des Menschen. Erstarrt blieb er stehen und spürte der Handbewegungen auf seinem Kopf nach. Es war gar nicht schlimm.

„Ist ja gut, mein Kleiner. Alles wird gut“, flüsterte der Zirkusdirektor sanft und streichelte Kilian weiter. Und vielleicht, dachte Kilian, stimmte das ja.

Seit diesem Tag begann für Kilian eine schöne Zeit. Der Gefährte mit Zylinder besuchte ihn nach wie vor täglich. Nicht nur leckere Nüsse brachte er mit, sondern auch buntes Spielzeug. Mal war ein angemalter Holzwürfel dabei, mal ein großer roter Ball, mal ein riesengroßer blauweiß gestreifter Ring, durch den Kilian gut hindurchpasste. Die Abwechslung war ihm sehr willkommen und mit Vorfreude erwartete Kilian den Augenblick, in dem ihn der Zirkusdirektor von der Kette löste und ihn durch den Ring hüpfen oder auf dem Ball tanzen ließ. Die Freude war auch auf Seiten des Spielgefährten groß, denn nach jedem kleinen Kunststück holte der Zirkusdirektor eine duftende Portion Erdnüsse aus seiner Fracktasche. Zum Abschluss des Tages und nach viel aufgewirbeltem Staub erfreute Kilian eine Wasserdusche, die ihm der Zirkusdirektor gönnte. Er bespritze den kleinen Elefanten mit einem Wasserschlauch, und das war das Größte überhaupt, denn dann fühlte er sich geschmeidig und leicht.

Manchmal nahm er selbst Wasser aus dem Wasserbottich über seinen Rüssel auf und bespritzte sich und den Zirkusdirektor.

„Na warte, du kleiner Frechdachs“, rief dieser dann zur Belustigung von Kilian und spritzte den

Elefanten mit einer noch viel größeren Wassermenge ab. Diese Wasserschlachten bereiteten großen Spaß und Kilian war froh, einen Spielkameraden gefunden zu haben.

Viele solche Tage vergingen, täglich wiederholten die beiden Spielgefährten ihre Kunststücke und irgendwann waren ihm das Balancieren, das Springen durch den Reifen und all die anderen Dinge in Fleisch und Blut übergegangen.

Und dann kam der Tag, an dem der Zirkusdirektor Kilian mit in das große Zirkuszelt nahm. Er führte ihn an der Kette, vorbei an vielen bunten Wohnwagen und betrat mit ihm das große Zirkuszelt, das seinem kleinen Zelt ähnelte. Um die Manege herum waren stufenförmig Sitzbänke aufgebaut, und wohin das Auge schaute, waren große Scheinwerfer angebracht. An der Zeltdecke hingen Seile und auch ein paar Schaukeln, und in atemberaubender Höhe war quer durch das Zelt ein Seil gespannt, auf dem gerade ein Akrobat balancierte. Nur vom Zuschauen wurde Kilian schwindelig. Im hinteren Bereich der Manege befand sich eine kleine Bühne auf der verschiedene Musikinstrumente platziert waren. Der Zirkusdirektor klatschte in die Hände und die Scheinwerfer gingen an. Das bunte Licht verwandelte das Zelt in eine magische Welt. Alles schimmerte in goldenen Farben und der Akrobat auf dem Seil wirkte wie eine Gestalt aus einem Märchen. „Kilian, mein Freund, von heute an spielen wir hier in diesem Zelt", sprach der Zirkusdirektor und streichelte ihn.

Das taten sie auch, mehrere Tage lang. Manchmal saßen ein paar Zirkusangestellte in den vorderen Reihen und schauten zu. Sie klatschten nach jedem Kunststück, das Kilian mit Vergnügen darbot. Auch an das grelle, bunte Licht der Scheinwerfer gewöhnte sich Kilian schnell.

Eines Morgens wurde Kilian durch lautes Stimmengewirr wach. Vor seinem Zelt herrschte große Hektik. Die Zirkusangestellten liefen aufgeregt hin und her, Kostümstangen und Lampen wurden von rechts nach links geschleppt und die Zirkuspferde wurden gestriegelt. Die Musikkapelle blies in ihre Instrumente und gab schräge Töne von sich. Kilian spannte seine Fußkette so weit er konnte und streckte seinen Kopf aus dem Zeltfenster. Die Zirkusangestellten waren nicht wiederzuerkennen. Ihre Gesichter waren in bunte Farben eingetaucht und ihre Körper in glitzernde Kostüme eingehüllt. Einer von ihnen sah ganz besonders lustig aus. Er hatte orange Haare, eine rote Kugelnase, ein breites Lachen ins Gesicht gemalt und sein Körper steckte in weiten, gepunkteten Klamotten. Das Witzigste waren aber seine Schuhe, denn sie waren viel zu groß und erweckten den Eindruck als würde die Gestalt auf Booten laufen.

Als Kilian das Spektakel vor seinem Zelt beobachtete, trat eine ganze Mannschaft an Leuten in sein Zelt, allen voran der Zirkusdirektor. Auch er war herausgeputzt, sein Schnurrbart war gestutzt, die Schuhe glänzend poliert und der Anzug fein gebügelt. Die Menschen postierten sich mitten im Zelt und packten Eimer und Pinsel aus.

„Mein lieber, lieber Kilian. Heute ist dein großer Tag", holte der Zirkusdirektor aus. „Von weit her kommen heute viele Menschen, nur um dich zu sehen. Von heute an zeigen wir der Welt, welche Magie in unserer Zirkuswelt steckt. Deshalb sollst auch du in den schönsten Farben erstrahlen und den Menschen als ein Wesen aus einer geheimnisvollen Welt begegnen."

Die Ansprache des Zirkusdirektors richtete sich eher an die umstehende Menschentraube als an Kilian, aber dieser lauschte dennoch mit großen Ohren und sah den Spielkameraden ratlos an. Magie? Geheimnisvolle Welt? Vielleicht ein neues Spiel, dachte Kilian schließlich und trompetete erst einmal seine Zustimmung. Doch den Zirkusdirektor schien das nicht zu interessieren. Er klatschte nur in die Hände, rief „Zack, Zack!" und war bereits wieder aus dem Zelt verschwunden. Sofort schritt die Menschentraube zur Tat und bemalte Kilians Haut mit schlangenartigen, bunten Mustern. Selbst seine Wimpern zogen sie in die Länge, setzten ihm einen Hut auf und lackierten seine Fußnägel. Kilian ließ die Prozedur über sich ergehen. Das neue Spiel, das der Direktor mit ihm spielen würde, musste etwas sehr Besonderes sein, dachte er. Und als die Menschen endlich von ihm abließen, ihn kritisch beäugten und mit ihrem Werk zufrieden zu sein schienen, las er in ihren Augen, dass er heute ganz besonders gut aussah.

Dann zogen die Menschen mit all ihren Eimern und Pinseln ab, und Kilian blinzelte durch seine getrimmten Wimpern, beäugte seine glänzenden Fußnägel und wartete. Es geschah – nichts. Er wartete und wartete, aber der Zirkusdirektor betrat das Zelt noch immer nicht. Und es blieb dabei bis in den späten Abend hinein. Da nämlich stürmte der Direktor mit schweißnasser Stirn in das Zelt, befreite Kilian von dem Pflock, atmete tief durch und sagte feierlich: „Du siehst fabelhaft aus, mein Lieber! Und das trifft sich gut, denn heute ist unser Tag und jetzt unser großer Augenblick. Es ist soweit. Wir müssen los. Jetzt gilt es!" Und dann schritt er mit Kilian in Richtung des großen Zeltes, und Kilian stolzierte mit hoch erhobenem Kopf hinter ihm her, weil er spürte, dass es dieses Mal etwas ganz Besonderes sein würde. Er hörte das quirlige Stimmengewirr vieler Menschen, und am roten Vorhang zur Manege blieben sie stehen, während der Zirkusdirektor ihm ins Ohr flüsterte: „Enttäusch mich nicht, mein Freund!" Worum auch immer es gehen mochte – enttäuschen jedenfalls wollte Kilian den Spielgefährten auf keinen Fall. Und deshalb blieb er auch ruhig, als stürmischer Trommelwirbel einsetzte, die Menschen verstummten, eine verheißungsvolle Stimme aus dem Lautsprecher mit blumigen Worten „Kilian den Kämpfer" ankündigte, der Vorhang sich hob, die Menschen in dem voll besetzten Zelt tobten und klatschten und er dem breit grinsenden Zirkusdirektor in die blendend hell erleuchtete Manege folgte. Er und der Direktor spielten wie jeden Tag, vollführten zum Abschluss die einstudierte Verbeugung und das Publikum schrie euphorisch: „Kilian, Kilian, Kilian!" Das gefiel dem kleinen Elefanten, und er ließ zu, dass viele Besucher ihn nach der Vorstellung bejubeln und anfassen wollten. Mit dem Zirkusdirektor an seiner Seite fühlte er sich sicher, und streckte seinen Rüssel voller Stolz in die Menschenmenge und unzählige Hände streichelten ihn, als wäre er etwas ganz Besonderes.

Als Kilian am Abend wieder in seinem Zelt und von der bunten Farbe befreit war, wurde es still um ihn und er fühlte sich zutiefst erschöpft. Zugleich war er stolz auf sich. Er hatte den Zirkusdirektor glücklich gemacht und spürte die Zuneigung der Menschen. Er ließ die Bilder des Tages an sich vorüberziehen, sah die vielen lachenden Gesichter, hörte die klatschenden Hände und die Menschen, die seinen Namen riefen. Es war ein schönes Gefühl, geliebt zu werden und mit diesem Gefühl schlief Kilian ein.

Noch ahnte er nicht, dass sich diese Erlebnisse nun täglich wiederholen würden im gleichen monotonen Rhythmus, Tag für Tag. Doch genau das folgte: Wieder und wieder wurde Kilian herausgeputzt und bunt bemalt, um abends vor die wartende Menschenmenge zu treten und sie zu begeistern. Die anfängliche Aufregung vor dem Auftritt war schnell verflogen, die Kunststücke fielen ihm leicht und erledigten sich fast von selbst. Wie gewohnt jubelten die Menschen und konnten von dem kleinen Elefanten nicht genug bekommen. Nach jeder Show war der Andrang groß, den Elefantenrüssel zu berühren. Und trotz all der Zuneigung, trotz des Gefühls etwas Besonderes zu sein, war Kilian gelangweilt und bedrückt. Er fühlte sich oft einsam und verlassen, vor allem dann, wenn die bunten Lichter ausgingen, nächtliche Stille im Zirkusleben herrschte und Kilian allein und angekettet in seinem Zelt zurückblieb. In diesen Momenten sehnte sich Kilian nach einer Welt jenseits des Zirkusalltags. Er träumte davon, aufzubrechen und fremde Orte zu entdecken. Er träumte, andere seiner Art zu finden und mit ihnen gemeinsam die Lebenswunder zu erleben. Er träumte davon, dass ihm Flügel wuchsen und er im Spiel des Windes wie ein Vogel am Himmel auf die Erde hinab sah.

Schnell wie diese Träume kamen, verwarf er sie wieder. Sie machten ihm Angst. Nicht auszudenken, was alles passieren könnte, wenn er tatsächlich den

Zirkus verlassen würde. Wovon sollte er sich ernähren? Wohin sollte er überhaupt gehen? Was, wenn ihm die Menschen draußen feindlich gegenüber traten? Und überhaupt: Im Zirkus ging es ihm trotz der Einsamkeit und aufkommenden Langweile gut. Der Zirkusdirektor kümmerte sich um ihn. Er hatte täglich leckeres Essen, ein Dach über den Kopf und viele Menschen, die kamen, um ihn zu bewundern. Er wurde geliebt! Warum also war er unzufrieden? War er am Ende undankbar für all das, was die Menschen für ihn getan hatten? Stand er nicht in ihrer Schuld?

Außerdem konnte sich Kilian noch gut an die Schmerzen erinnern, als er versucht hatte, sich von der Kette zu befreien. Er wusste, dass er nicht gegen den Pflock würde gewinnen können und jeder Gedanke daran pure Zeitverschwendung war. Und mit dieser Erkenntnis fügte sich der kleine Elefant in sein Schicksal.

DIE WEISE, WEIßE EULE

Tage wurden zu Monate und Monate wurden zu Jahren. Die Jahreszeiten wechselten sich ab, die Düfte des Frühlings wurden durch die warmen Sonnenstrahlen des Sommers abgelöst und die rotbraunen Farben des Herbstes wichen dem klärenden Weiß des Winters. Mit ihnen veränderte sich auch der kleine Elefant von Jahr zu Jahr und wuchs zu einem ausgewachsenen und mächtigen Elefanten heran. Die Werbebotschaften des Zirkus änderten sich ebenfalls. Aus dem Werbespruch „Kilian, der kleine Kämpfer" wurde „Kilian, der Großartige". Was blieb, war der Alltag mit seinen routinierten Abläufen. Bei aller

Eintönigkeit, Kilian wusste woran er ist, er musste vor nichts Angst haben, er wurde geliebt.
Eines Nachts erwachte Kilian schreckhaft aus seinem Schlaf. Plötzlich, mitten aus dem tiefen Schwarz der Nacht, blitzten ihn zwei kugelrunde und leuchtend gelbe Augen mit schlitzartigen Pupillen an. Kilian erschauerte, sein Puls sprang in die Höhe.
„Wer ist da?“, rief Kilian in das Dunkel hinein, doch es kam keine Antwort. Stattdessen bewegten sich die Augen zum schwachen Lichtstrahl des Zelteingangs, der streifenartig den Boden sichtbar machte. Gebannt verfolgte Kilian die Augenbewegungen und war gespannt, was da gleich ans Licht kommen wird und mit welchem ungebetenen Gast er es zu tun hatte.
Die Gestalt mit dem durchdringenden Blick trat ins Licht. Kilian sah in die Augen einer schneeweißen Eule. Sie stand vor ihm im Lichtstrahl und kam majestätisch auf ihn zu. Einen Meter vor Kilian machte sie halt und sprach mit klangvoll tiefer Stimme: „Ich bin die weise, weiße Eule und komme, weil du mich gerufen hast.“
„Dich gerufen? Ich habe dich nicht gerufen. Was willst du von mir?“, sprach Kilian leicht erregt.
„Nichts will ich von dir. Ich besitze die Gabe, tiefe Sehnsüchte und vergrabene Wünsche von Wesen zu erfassen und höre Herzen bluten. Deines blutet derart stark, dass ich kaum schlafen kann. Deshalb bin ich hier“, erklärte die weise, weiße Eule und schaute Kilian in seine Seele.
„Das stimmt nicht! Ich bin Kilian, der Großartige, ich bin ein großer Elefant und mein Herz blutet nicht“, wehrte sich Kilian.
Verständnisvoll blickte die Eule Kilian an bevor sie fragend feststellte: „Wenn du ein großer und starker

Elefant bist, wenn du so großartig bist, warum stehst du hier am Pflock angekettet, den du mit Leichtigkeit aus der Erde stampfen könntest?"
Kilian verstummte und fand keine spontane Antwort.
„Warum befreist du dich nicht und suchst das Weite, wie es sich für einen Elefanten gehört?", fragte die Eule.
„Das hatte ich schon versucht, doch es klappte nicht und ich habe mir starke Verletzungen zugezogen", verteidigte sich Kilian.
„Kilian, da warst du noch ein Elefantenbaby, längst bist du groß und besitzt die erforderliche Stärke um dich von der Kette zu befreien. Warum tust du das nicht?", bohrte die Eule erneut.
„Weil es mir hier gut geht. Ich habe zu essen und zu trinken, der Direktor kümmert sich um mich und außerdem kommen viele Menschen, nur um mich zu sehen. Sie lieben mich!", wehrte Kilian weiter ab.
„Warum blutet dann dein Herz so laut? Warum lässt du mich nicht schlafen? Bist du dir sicher, dass dich die Menschen wirklich lieben? Glaubst du allen Ernstes, dass sie dich dafür lieben, wer du bist? Willst du felsenfest behaupten, dass sie dich nur so beklatschen, weil du ein Elefant bist? Meinst du, du bekommst die Erdnüsse, weil dich der Zirkusdirektor einfach lieb hat?", schleuderte die Eule entgegen und brachte Kilians Weltsicht erneut ins Wanken.
Verunsichert beharrte Kilian: „Ja, das tun sie."
„Wenn dem so ist Kilian, dann solltest du morgen in die Manege gehen und in der Mitte regungslos stehenbleiben. Mach nichts von alldem, was du sonst täglich tust. Kein Kunststück mit dem Ball, kein Spiel mit dem Ring und keinen anstrengenden Stand auf den Vorderbeinen. Mach, was du willst, und nicht das,

was der Zirkusdirektor dir sagt. Sei einfach ein Elefant. Wenn dich die Menschen tatsächlich dafür lieben, dann werden sie klatschen, dann wirst du auch deine Erdnüsse bekommen. Wenn sie es nicht tun, dann wirst du nur deshalb geliebt, weil du den Menschen das gibst, was sie von dir haben wollen und weil sie dafür Eintritt bezahlt haben. Das hat nichts mit Liebe zu tun. Der Zirkusdirektor braucht dich, um sein Geld zu verdienen“, erläuterte die Eule.
Am liebsten hätte Kilian die Eule jetzt rausgeschmissen. Er wollte nichts mehr hören. Was fiel dem weißen Gefieder ein? Was erlaubte sie sich! Platzt hier einfach so herein und verbreitet Gift. Kilian wäre am liebsten weggelaufen, vor der Eule, von der Kette und vor sich selbst. Er wollte sich mit den Fragen der Eule nicht beschäftigen.
Was aber, wenn sie die Wahrheit sagte? Was, wenn die Menschen ihn wirklich nur aus eigennützigen Gründen liebten?
Die Eule erkannte, dass in Kilian ein innerer und verzweifelter Widerstand aufkeimte und sprach: „Mein großer, starker Freund, ich komme zu dir in guter Absicht. Ich hörte deine Sehnsucht nach der Freiheit, ich las in deinen Träumen und sah dich am Himmel fliegen. Nur deshalb bin ich hier. Ich weiß, dass das, was ich sage weh tut und du meine gute Absicht noch nicht verstehst. Das ist in Ordnung, das braucht Zeit und ich bin mir sicher, du wirst das bald verstehen.“
„Kilian, du bist gewachsen, bist inzwischen groß geworden. Höchste Zeit, dass du auch im Inneren wächst, denn trotz der äußerlichen Größe bist du im Inneren immer noch ein kleiner Elefant, der am Pflock angekettet ist.

Ich weiß, du hast Angst. Wenn du aber deine Ängste kennst und spürst, dann kannst du sie auch überwinden. Die Angst kann dein Freund sein und dich beschützen", beendete die Eule ihren Monolog.
Kilian konnte seine Tränen nicht mehr unterdrücken. Die Eule hatte etwas in ihm ausgelöst, was er nicht in Worte fassen oder gar verstehen konnte. Tosende Gefühlswellen durchströmten seinen Körper, sein Herz blutete.
„Lauf Wambua, lauf!" verabschiedete sich die Eule und setzte zum Flug an.
Aus dem Nichts war sie gekommen, im Nichts verschwand sie. Eine bedrohliche Stille kehrte in das Zelt ein, als wäre nichts passiert, als wäre Kilian aus einem bösen Traum erwacht. Schlagartig war alles anders, Kilian versuchte das Geschehene von sich abzuschütteln und zu vergessen.
Es gelang ihm nicht und ließ ihn nicht mehr los. Wer war Wambua? Sein Herz raste wie eine spielende Musikkapelle und es dauerte noch einige unruhige Momente bis Kilian wieder einschlief. Er träumte von riesigen Staubwolken und von Elefantenherden, die verzweifelt brüllten. Er hörte eine bekannte Stimme, die er seit Jahren nicht mehr gehört hatte. Sie klang vertraut und bestimmt: „Lauf Wambua, lauf!"
Schweißgebadet und fröstelnd zugleich riss Kilian die Augen auf, seine Pupillen weiteten sich und er schaute sich im Zelt um. Das sonst Vertraute schien ihm auf einmal völlig fremd. „Lauf Wambua, lauf!", hallte die Stimme aus dem Traum immer wieder laut und monoton.

Kilian drehte sich um und blickte auf sein angekettetes Hinterbein und die Kette, die zum Pflock

führte. Jahrelang war diese Kette da, jahrelang spürte er sie, so dass dieses Gefühl nicht mehr wegzudenken war. Jetzt fühlte es sich beklemmend an. Nachhaltig spürte er die bleierne Schwere und somit, wie ausgeliefert er war.
Seine Gedanken wurden abrupt unterbrochen. Die Zirkusangestellten betraten wie gewohnt das Zelt und stellten den Futterbottich ab. Anders als sonst interessierte sich Kilian nicht für das Futter. Er war nicht hungrig. Vielmehr betrachtete er die Zirkusangestellten, die begannen, Kilian für den Auftritt vorzubereiten. Mechanisch packten sie Eimer und Pinsel aus, mischten die Farben bevor sie anfingen, Kilian von jeder Seite anzumalen. Kilian schaute in die einzelnen Gesichter. Sie erschienen ihm völlig ausdruckslos, anders als am Abend, wenn sie in ihren Kostümen freudestrahlend im Zirkus umherstolzierten. Ob es die Farben und die Kostüme waren, die sie in diese fröhliche Stimmung brachten? Wie Roboter bepinselten sie seine Haut, lehnten Leitern an seinen Rücken, um besser an die oberen Körperbereiche zu gelangen. Als Kilian die Pinselbewegungen besonders hart und erdrückend empfand, meinte er den Ruf „Lauf Wambua, lauf!" deutlich zu hören. Er hatte das Gefühl, eine Rolle in einem Film zu spielen, dessen Inhalt nicht der seine war.
Das Gefühl der Fremde wich den ganzen Tag nicht von Kilian. Auch zum sonst so vertrauten Zirkusdirektor, seinem Spielgefährten, fühlte Kilian heute eine große Distanz. Wer war dieser Mensch hinter der bunten und witzigen Kleidung? Wer versteckte sich hinter dem bemalten Gesicht, dessen Markenzeichen der Zwirbelschnurrbart war? Auch war er voller

Zweifel, wer er selbst unter dieser bunten Haut war. Er wusste nur, dass die weise, weiße Eule etwas in ihm berührt und zum Leben erweckt hat, das lange geschlafen hatte, nun hellwach wurde und Aufmerksamkeit wollte.

Kilian verfluchte die Eule, gestern war sein Leben noch schön, alles war geordnet und jetzt zweifelte er, wer er war und was er hier machte. Er war sich der Liebe der Menschen um ihn herum nicht mehr sicher und hatte Angst vor dem abendlichen Auftritt. Sollte er dem Rat der Eule folgen, einfach mitten auf der Bühne verharren und abwarten wie die Menschen reagierten? Wenn sie wie gewohnt klatschen werden, dann hätte er Recht behalten und die Eule gelogen. Seine Welt wäre wieder in Ordnung. Die Erinnerung an die Eule würde wie die Erinnerung an einen bösen Traum verfliegen.

Das Herz trompetete wie verrückt, als Kilian am Abend zum Zirkuszelt geführt wurde. Die Musik ertönte, die tägliche Ansage lief ab, der Zirkusdirektor setzte seine gewohnte Grimasse auf. Kilian ahnte und spürte, dass sich sein Leben für immer verändern könnte.

Tosender Applaus begleitete Kilian und den Zirkusdirektor während sie zur Zeltmitte schritten. Die Musik klang im Hintergrund aus und der Applaus verstummte. Ein Moment völliger Stille herrschte, ein Moment in dem Spannung und Erwartung förmlich in der Luft lagen. Das war dieser magische Moment, den Kilian sonst über alles liebte. Er dauerte nur wenige Sekunden, genau bis der Zirkusdirektor mit seinem Gehstock auf den Boden klopfte und Kilian damit das Zeichen gab, das erste Kunststück zu beginnen.

Kilian wollte diesen besonderen Moment lange auskosten, er blieb einfach stehen und atmete die Luft, die voller Hochdruck und Hoffnung war. Die Scheinwerfer und tausende Augen waren auf ihn gerichtet. Gemurmel ging durch die Reihen und die Menschen wirkten verwirrt. Kilian ignorierte die auffordernden Klopfzeichen.
Er konzentrierte sich auf die Besucher und deren Gesichter, die er erstmals seit Jahren richtig wahrnahm. Erwachsene und Kinder saßen dicht gedrängt nebeneinander und schauten ihn mit offenen Mündern an. Viele von ihnen schienen erregt und verzogen ihre Gesichter. Nicht anders war es beim Zirkusdirektor, der sich vor Kilian postierte und ihn wutentbrannt anschaute, während er mit dem Gehstock in der Luft herumfuchtelte. Kilian sah, wie ihm seine Gesichtszüge entglitten, als würden Gewichte an ihnen hängen.
Das Gemurmel wurde zorniger und verwandelte sich in tumultartige Buh-Rufe. Die Menschen schrien durcheinander: „Beweg dich!“, „Blöder Elefant!“, „Ich will mein Geld zurück!“. „Betrug!“, „Betrug!“, „Betrug!“ war das unüberhörbare Wort, das die Menge schrill von sich gab.
Genau das war es, dachte Kilian, all das war Betrug, er in seiner Farbenpracht, der scheinheilige Zirkusdirektor, der ihn zu schlagen begann, die Liebe der Menschen, die, wie von der Eule vorhergesagt, nicht ihm, sondern seinen Kunststücken galt.
Kilian schloss die Augen, sein Herz blutete und er fühlte sich dumm, betrogen und ganz klein. Er öffnete seine Augen erst, als die Stöße und Schläge zunahmen. Einige Zuschauer bewarfen ihn mit Tomaten, die sich mit der bunten Farbe vermischten

und heruntertropften als wäre es Blut. Die weise, weiße Eule hatte Recht. Noch ertrug Kilian die Schläge des Direktors und die Würfe der Menschen, die ihm sonst so wohlwollend entgegentraten. Doch mit jedem weiteren Hieb, mit jedem weiteren Stoß wollte er weg und immer deutlicher hallte es in ihm, „Lauf Wambua, lauf!“ Wie aus weiter Ferne wurde die Stimme energischer und lauter, „Lauf Wambua, lauf!“. Als die Anspannung ins Unerträgliche stieg, als der Schmerz betäubend wurde, stellte sich Kilian auf die Hinterbeine, erhob seinen Rüssel und schrie so laut wie nie zuvor. Panik brach aus und die Menschen verließen fluchtartig das Zelt. Auch der Zirkusdirektor erschrak und entfernte sich schleunigst von Kilian, während dieser mit solch unfassbarer Energie schrie, die ganze Dörfer hätte zum Beben bringen können.

„Lauf Wambua, lauf!“, forderte die innere Stimme und urplötzlich rannte er zum Ausgang. Wütend folgte ihm der Zirkusdirektor und donnerte: „Haltet ihn, haltet ihn fest!“ Völlig benebelt und fremdgesteuert rannte Kilian, als wüsste er, dass es um sein Leben ging. Lange wurde er grölend und mit Schüssen verfolgt. Ohne sich umzudrehen rannte Kilian blindlings ins Ungewisse, bis er irgendwann nichts mehr hörte und erschöpft zu Boden fiel.

EIN ELEFANT IM PORZELLANLADEN

Mit der Morgendämmerung wurde es hell und der Tag erwachte. Kilian war ohnehin wach, denn die Ereignisse des letzten Tages und das fremdartige Gefühl, das die dunkle Nacht mit ihren ungewohnten Geräuschen auslöste, ließen ihn nicht in den Schlaf abgleiten.

Ungeduldig erwartete er den Morgenaufbruch, damit sich das Geheimnis der Dunkelheit enträtselte. Voller Erleichterung nahm Kilian die kahlen Sträucher und Bäume auf einer graugrünen Wiese vor sich wahr. Schnell versteckte er sich hinter einem Busch und spähte aus dem Schutz der Zweige in die fremde Umgebung. Sein Blick konnte sehr weit wandern, er sah Hügellandschaften, Täler und Berge und genoss die Aussicht. In seinem Zirkuszelt war diese auf wenige Meter und auf die rotblauen Streifen der Zeltwände beschränkt. Das, was er jetzt in der Luft hören konnte, war der Ruf in die Freiheit hinauszueilen. Keine Menschenseele weit und breit, keine Zirkusangestellten, die gewöhnlich um diese Zeit in sein Zelt stürmten, um ihn für den Auftritt herauszuputzen und ihn zu füttern.

Halt, Moment mal, dachte er, keiner der ihm Futter brachte? Kilian realisierte merklich seine neue Situation. Seit Stunden hatte er nichts mehr gegessen und sein Magen rebellierte wie eine galoppierende Achterbahn, die immer schnellere Kreise schlug. Mit dem Hunger kam die Ernüchterung, denn Kilian sah nirgends etwas Essbares. Bäume und Zweige waren kahl und nur vereinzelt keimten Knospen gerade erst auf.

Wie lange würde er ohne Wasser und Futter auskommen? Wo sollte er welches finden? Zweifel überkamen Kilian und legten sich wie ein schweres Gewicht auf seinen Kopf. Wieder kam er sich klein und hilflos vor. Da stand er nun als ein großer Elefant auf einer Wiese, hinter Sträuchern versteckt und wusste nicht wohin ihn die Reise führen wird. Die Erkenntnis über seine verzweifelte Lage trieb Kilian zu laufen an, in der Hoffnung auf dem Weg die Lösung für sein Problem zu finden.

Er durchquerte Waldabschnitte und Wiesen. Er durchschritt Pfade, die von anderen Lebewesen aus dem Boden gestampft worden waren. Diese waren für seine Größe viel zu schmal und Kilian fühlte sich wie ein Zirkusakrobat, der auf einem dünnen Seil balancierte. Stunden vergingen und mit jedem Schritt wuchs sein Hunger und seine Energie sank.

Gerade wollte Kilian eine Pause einlegen, als er auf einem Hügel mehrere kleine Häuschen sah. Hoffnung stieg in ihm auf und er eilte in Richtung dieses Anblicks. Wer oder was auch immer die Bewohner dieser kleinen Siedlung waren, sie könnten ihm zu essen und zu trinken geben. Kilian sammelte all seine Energie und ging so schnell er konnte.

Am Dorfeingang las er auf dem Torbogen in leuchtendgoldener Schrift „Herzlich Willkommen im Fuchsdorf". Zaghaft schritt Kilian durch dieses Tor und duckte sich. Er zog seinen Bauch ein, damit er hindurchpasste, ohne das Tor kaputt zu machen. Kilian seufzte erleichtert, denn alles war ganz geblieben. Er blickte auf eine lange Dorfstraße, an deren Seiten lauter gepflegte Häuschen aneinandergereiht waren. Die Reihenhäuschen waren weiß gestrichen, ihre Fenstermarkisen und Türen bunt. Die Fensterbretter zierten Blumenkästen mit den ersten Frühjahrsblühern, die Hauseingänge schmückten eingezäunte, bunte Vorgärten. Alles wirkte wie gemalt, als würde er durch ein Dorf aus Puppenhäuschen wandern. Kilian war nicht der Einzige voller Erstaunen, als er durch das Dorf trottete. In den kleinen Häusern versammelten sich hier und da Füchse, die hinter den Vorhängen neugierig nach draußen schauten. Sie schienen aufgeregt, einige von ihnen öffneten die Türen und verfolgten Kilian mit angstvollen Blicken.

An einem Haus, das wesentlich größer war als die anderen, blieb Kilian stehen. Sein Blick hatte sich im Schaufenster gefangen, wo stufenförmig auf einem blauen Samttuch zahlreiche Tassen, Kannen und

Teller aus Porzellan dekoriert waren. Blank poliert glitzerten sie wie funkelnde Diamanten. Sein Blick wanderte von einer Ecke zur anderen, bis er ein Schild entdeckte auf dem zu lesen war, „Mitarbeiter für den Porzellanladen dringend gesucht! Unterkunft und Verpflegung werden gestellt!"

War das die Lösung? War er nur noch einen kleinen Schritt von dem heißersehnten Essen entfernt? Kilian streckte seinen Rüssel nach vorn, griff nach der vergoldeten Klingel und ein glockenartiger Ton erklang. Kilian trat einen Schritt zurück, als er wenig später das Geräusch von herannahenden Absatzschuhen auf Parkett hörte. In stolzer Pose trat eine Fuchsdame vor die Tür und konnte ihr Erstaunen nicht verbergen. Sie war schlank wie eine Gerte, ihr langer Hals war eingehüllt in einem Wolltuch. Auf dem Kopf trug sie einen breiten Hut, der mit einer auffälligen rosa Rose verziert war. Die Frau weitete die Augen vor Schreck und Kilian sah ihre langen Wimpern. In der rechten Hand hielt sie elegant einen Zigarettenhalter in die Höhe, an dessen Ende eine Zigarette qualmte. Sie trug große Ohrringe aus Perlen und ein seidenes Kleid, unter dem ihr zurechtgestutzter, weicher, buschiger Fuchsschwanz hervorlugte.

Der Moment, an dem ihre Gesichtszüge an die eines verängstigen Kindes erinnerten, war nur sehr kurz. Schnell zogen diese sich zu einer strengen Miene zusammen. Sie strich mit der linken Pfote über das Wolltuch und sprach mit rauer Stimme: „Was kann ich für Sie tun, fremdartiges Wesen?"

„Ich würde gerne für Sie arbeiten", bot Kilian der Frau an. Belustigt höhnte die Fuchsdame: „Ein Elefant im Porzellanladen? Sie machen wohl Witze.

Haben Sie sich schon mal in einem Spiegel gesehen?"

Kilian dachte nach, er wusste nicht was ein Spiegel war. „Nein", antwortete Kilian eingeschüchtert.

„Sie treten hier auf meinen frisch gemähten Rasen, sind so dick, dass Sie nahezu den ganzen Vorgarten ausfüllen und kommen auf die Idee in meinem Geschäft zu arbeiten! Jede Bewegung könnte alles zu einem Scherbenhaufen verwandeln", fauchte die aufgebrachte Fuchsdame.

„Aber, gnädige Frau…", versuchte Kilian einzulenken.

„Kommt gar nicht in Frage. Es tut mir leid, ich kann nichts für Sie tun", antwortete die Fuchsdame bitter und drehte sich demonstrativ um. In diesem Moment kam plötzlich ein starker Windstoß auf und blies ihr den Hut vom Kopf.

„Mein Hut, mein Hut", schrie die Frau und musste zusehen, wie sich der Hut in den Ästen der Kastanie verfing. Kilian war gerade im Begriff zu gehen und hatte keine Lust auf Akrobatik.

Er sah dem Hut kurz nach und ging dann doch zur Kastanie hinüber. Er stellte sich auf die Hinterbeine, streckte seinen Rüssel soweit er konnte und griff nach dem Hut. Die Fuchsdame verfolgte gebannt und hoffnungsvoll die Rettungsaktion.

Kilian übergab den Hut an die Besitzerin und verabschiedete sich mit den Worten: „Verzeihen Sie die Störung, gnädige Frau. Es tut mir leid um Ihren Rasen."

Den Vorgarten bereits im Rücken hörte Kilian die Fuchsdame rufen: „Halt, halt, so bleiben Sie doch stehen!"

Während die Fuchsdame den Elefanten bei seiner Akrobatik beobachtete, kam ihr eine grandiose Idee.

Beeindruckt, wie hoch der Elefant seinen Rüssel strecken konnte, witterte sie ein gutes Geschäft. Seit langer Zeit standen ihre oberen Regale leer. Sie war nicht mehr die Jüngste und hatte darauf verzichtet, nochmals selbst auf eine Leiter zu steigen, nachdem sie sich durch einen Sturz das Bein gebrochen hatte. Danach stand ihr Entschluss fest, die oberen Regale nicht mehr zu bestücken, obwohl sie den Platz gebraucht hätte. Das Geschäft lief gut, ganze Fuchsdörfer kamen zu ihr, um hochwertiges Porzellan zu kaufen. Wenn sie den Elefanten einstellen würde, könnte sie ihre oberen Regale wieder mit neuem Sortiment füllen und noch mehr Geld verdienen. Sie rieb sich die Hände, kein Fuchs wäre jemals in der Lage so hoch zu steigen. Außerdem würde es schnell Schlagzeilen machen, dass sie ausgerechnet einen dicken Elefanten in ihrem Laden arbeiten ließe. Schon allein um den Elefanten zu Gesicht zu bekommen, würden unzählige Füchse bei ihr anklopfen. Mit ihrem Verkaufstalent würde sie jeden mit einem Porzellanexemplar nach Hause schicken. Klar müsste sie ihren Laden umräumen und so gestalten, dass der Elefant darin Platz findet und nichts kaputt macht, doch diese Investition war sie gern bereit in Kauf zu nehmen. Sie unterbrach ihren Gedankenschwall und wandte sich Kilian zu:

„Großer Fremder, Ihnen wird wohl einleuchten, dass ein Elefant im Porzellan keine gute Figur macht. Als Dame, die eine gute Kinderstube genossen hat, würde mir allerdings mein mitfühlendes Herz wehtun, wenn ich Sie einfach so davonziehen lasse. Sie haben mir spontan geholfen, so dass ich Ihnen die Chance geben möchte, sich in meinem Laden zu beweisen. Das könnte bei Ihrer Größe schwierig und anstrengend werden. Diese Anstrengung verlange ich Ihnen ab, schließlich habe ich meinen guten Ruf zu verlieren. Lange Rede, kurzer Sinn. Von morgens bis abends helfen Sie im Porzellanladen, Mahlzeiten gibt es zwei pro Tag und schlafen können Sie im Garten. Das ist mein Angebot. Was sagen Sie?"

„Gnädige Frau, ich nehme Ihr Angebot dankend an", freute sich Kilian.

„Schön", erwiderte die Fuchsdame, „mein Name ist Reineke, herzlich willkommen."

„Danke nochmals, mein Name ist Kilian."

„Folgen Sie mir Kilian, ich bringe Sie in den Garten und anschließend Ihr Futter. Sie müssen einen elefantengroßen Hunger haben. Ist Bambus angenehm?", fragte Frau Reineke.

Grüner Bambus war genau das, wonach Kilian gelüstete und bei dem quälenden Hunger würde er zweifelsohne einige Mengen in sich hineinschlingen. Sobald die Mahlzeit gereicht wurde, verabschiedete sich Frau Reineke mit den Worten:

„Guten Appetit, ich hole Sie, sobald es losgeht. Das kann noch ein paar Tage dauern, denn der Laden muss umgebaut werden. Erholen Sie sich bis dahin, ich brauche Sie stark und kräftig."

Kilian war erleichtert, endlich konnte er sich auf den Bambus stürzen. Mit dem eintretenden Gefühl der Sättigung ließ die Unruhe und Spannung nach. Erst jetzt nahm Kilian seine neue Wohnumgebung in Augenschein. Er stand auf einer ergrünenden Wiese, die mit einem blauen Zaun ringsherum umzäunt war. Den Zaunrand schmückten goldgelbe Narzissen, die ihre Köpfe gen Himmel richteten, um möglichst viele von den ersten Sonnenstrahlen abzufangen. Ein neuer Lebensabschnitt konnte beginnen.

Frau Reineke bestellte übermütig Ware für die leeren Regale und vertröstete Kilian. Ihm kam die Verzögerung entgegen. Im frühlingshaften Garten konnte sich Kilian von den durchlebten Strapazen erholen. Es war das erste Mal, dass er einen Tag lang nichts weiter zu tun hatte, als seinen eigenen Gedanken nachzuhängen. Schnell fand Kilian Gefallen an die-sem Zustand.

Zwei Tage vergingen. Gestärkt wie Kilian sich fühlte, freute er sich, als ihn Frau Reineke abholte. Sie führte ihn durch den Hintereingang des Hauses in den umgebauten Porzellanladen. Das Ende des Ladens reichte mit seiner neuen Breite für Kilians Körper nahezu milimetergenau aus. In sitzender Haltung und mit eingezogenem Bauch füllte Kilian den gesamten Hinterraum bis hin zur Decke. Sein Rüssel passte genau in das Ladeninnere hinein und er konnte ihn in alle Richtungen bewegen. Mit etwas Geschick erreichte er jede Ecke und konnte in jedes Regal greifen.

Das war auch die Aufgabe des ersten Arbeitstages. Die von Frau Reineke bestellte Ware stand in Kartons verpackt mitten im Laden. Unter strenger Aufsicht seiner Arbeitgeberin wurde Kilian damit beauftragt, die einzelnen Porzellanstücke aus den Kar-tons herauszunehmen und sie auf die oberen Regale zu stellen. Die Aufgabe war kompliziert, denn die einzelnen Stücke waren klein und zerbrechlich. Es kostete Kilian große Mühe, seinen Rüssel so einzusetzen, dass er mit einem sicheren und leichten Griff, das Porzellan durch die Luft befördern konnte. Nach jedem aufgestellten Porzellanstück atmete Kilian langsam aus und verspürte Erleichterung darüber, dass er es geschafft hatte, das Porzellan ohne Schaden an seinen Platz zu stellen. In dieser Anspannung arbeitete sich Kilian von Karton zu Karton, stets der strengen Blicke von Frau Reineke bewusst. Nachdem alles ausgepackt war, pustete er die letzten Staubreste von den Regalen und erfreute Frau Reinekes Herz, als der Laden am Abend im Glanz erstrahlte.

„Gute Arbeit“, sagte Frau Reineke und schaute sich zufrieden um. Kilian hingegen konnte es nicht abwarten endlich in den Garten zu kommen. Alle Knochen taten ihm weh und er spürte die Hälfte seines Körpers nicht mehr. Er wollte sich bewegen, frei atmen und seine Glieder strecken.

„Morgen geht es dann los!“, verabschiedete Frau Reineke Kilian in den Garten.

„Morgen ist die große Eröffnung, ich gehe davon aus, dass mehr als das halbe Dorf kommen wird. Ich werde die Kunden empfangen und beraten und Sie werden mir das gewünschte Porzellan von den Regalen reichen. Gute Nacht.“

Die Voraussage Frau Reinekes trat ein. Das halbe Fuchsdorf ging im Porzellanladen ein und aus. Kilian wunderte sich sehr, dass die Füchse in dem Porzellan etwas ganz Kostbares sahen. Was es war, konnte er noch nicht sagen. Viel mehr war er damit beschäftigt, bewegungslos in der hinteren Ladenecke zu sitzen und sein Atmen zu kontrollieren. Er befürchtete, dass sein Bauch bei einem zu großen Atemzug die vollen Regale ins Wackeln bringen könnte. In dieser Körperhaltung beobachtete er die Fuchsdorfbewohner. Auch sie musterten ihn mit neugierigen und argwöhnischen Blicken. Ihre Neugier dem fremden Wesen gegenüber wurde am Ladentisch von Frau Reineke gestillt. Sie genoss sichtlich das außerordentliche Interesse. Mit aufgesetzter und barmherziger Stimme erzählte sie genussvoll eine Geschichte, in der sie sich als großzügige und mitleidige Fuchsdame darstellte. Von der Straße hätte sie das suchende, fremde Wesen geholt, hätte es gefüttert und extra ihren Laden umbauen lassen, damit es eine sinnvolle Beschäftigung in seinem Leben findet. Alle Ersparnisse hat sie für die riesigen Futtermengen und den Umbau des Porzellanladens ausgegeben. Während ihrer Erzählung seufzte sie tief, klimperte mit den Wimpern, stöhnte ein langes „Ach“ aus und beendete ihre Geschichte mit den Worten: „Was soll ich tun, mein Herz ist so unendlich groß!“

Wie auf einer Bühne stand sie hinter der Ladentheke und die Fuchsdamen, die sich um sie herum versammelten, hingen an ihren Lippen. Auch Kilian lauschte den Worten und fragte sich, warum Frau Reineke all das für ihn getan hatte. Er traute der Geschichte der Porzellankönigin nicht, diesen Beinamen gab Kilian der Ladenbesitzerin. Die wehleidige und herzliche Stimme, mit der sie die Kunden umgarnte, war weit davon entfernt, die Stimme zu sein, mit der sie ihn ansprach, wenn sie allein waren. Vor den Kunden wandte sie sich wohlwollend und verständnisvoll an Kilian. „Lieber, könntest du die Güte aufbringen und für unseren ehrenwerten Kunden das Teeservice vom oberen Regal herunterreichen?“

Das tat er den ganzen Tag und war pausenlos beschäftigt. Angespannt wedelte er mit seinem Rüssel durch den Laden, holte Teller, Tassen und Kannen herunter und stellte sie wieder herauf.

Das Geschäft lief sehr gut. Frau Reineke verstand es, ihre Ware an die Füchse zu bringen. Immer dann, wenn sie ihre Heldengeschichte zum Besten gab, klingelte es in der Kasse besonders laut. Im Laufe des Tages lernte Kilian auch, dass das Porzellan mehr als nur irgendwelches Werkzeug zur Nahrungsaufnahme war. Hierfür hatten die Füchse wohl ganz normales Geschirr. Das edle Porzellan, hörte Kilian aus den Gesprächen heraus, wurde nur zur besonderen Anlässen benutzt. Feiertage, Festlichkeiten aller Art waren Gelegenheiten, an denen das kostbare Porzellan die Besonderheit des Tages unterstreichen sollte. Bei der Wahl der Stücke gab es eine Art geheimen Kodex. Je wichtiger die Gäste oder das Ereignis waren, desto kostbarer sollte auch das Porzellan sein. Es gab ganz unterschiedliches Porzellan, manches war sehr fein, anderes robuster. Das eine mit Blumenbildern verziert, das andere kam schlicht und keramikweiß daher. Die Preise stiegen mit der Außergewöhnlichkeit und Einzigartigkeit der Stücke, die Frau Reineke in ihrem Warenbestand hatte. Einige gab es auch nur in einer einzigen Ausführung. Dies, erfuhr Kilian, waren die wertvollsten Stücke und er wunderte sich nicht mehr, warum Frau Reineke jede seiner Bewegung mit kritischem Blick registrierte.

Ein solches Unikat erwarb an diesem Tag eine Fuchsdame im mondänen Kostüm und Diamantenohrringen. Anlass war die bevorstehende Schuleinführung, die im ganzen Dorf gefeiert wird. Das Porzellan sollte unterstreichen, wie wertvoll das eigene Kind war.

„Was tut man nicht alles für unsere Liebsten. Mein Engelchen ist es mir einfach wert“, sagte sie, als unzählige Scheine über den Ladentisch flossen.

Komisch, ging Kilian durch den Kopf, der Wert

eines Kindes wird bei den Füchsen also anhand des Porzellans gemessen. Die Erkenntnis machte ihn traurig und am liebsten hätte er seine hängenden Ohren über seine Augen gestülpt, um das Trauerspiel nicht weiter mit ansehen zu müssen. Das ganze Dorf trat in Wettbewerb und rannte Frau Reineke buchstäblich den Laden ein. Alle wollten das schönste und teuerste Porzellan ergattern, um es dann nach kurzem Gebrauch wieder in den Schrank zu stellen, wo es lange Zeit vor sich hin stauben würde.

Der Tag verging und die Regale leerten sich. Die Porzellankönigin war am Ende des Tages hoch erfreut. Gut gelaunt zählte sie das eingenommene Geld und pfiff selbstzufrieden. Erleichtert verließ Kilian den Laden und streckte sich im Garten so richtig aus. Das Verharren in einer Position hinterließ schmerzende Spuren. Wie ein ausgerollter Teig lag er auf dem Rasen und ließ den Tag in Gedanken an sich vorüberziehen. Nach wie vor verstand er nicht, weshalb das Porzellan eine derartige Macht über die Füchse besaß. Warum war es den Füchsen so wichtig, was die anderen über sie dachten? Was sollte dieser „Zirkus"?

Zirkus! Exakt daran erinnerte ihn das Getue der Füchse. Sie standen mit ihrem Porzellan wie auf einer Bühne und spielten eine Welt vor, die es vermutlich so nicht gab. Farbe und Kostüm, die Kilian bis vor kurzem im Zirkus maskierten, verglich er mit Frau Reinekes aufgesetzter Stimme und ihrer Heldengeschichte, die weit davon entfernt war, die Frau im wahren Licht darzustellen.

Die Wahrheit war, dass es die wohlwollende und aufopfernde Frau vor lauter Geldrausch vergaß, Kilian zu füttern. Sofort nachdem die Ladenjalousie herunterklappte, zog sie sich zurück und blieb verschwunden.

Der darauf folgende Tag begann ruhig. Bis zum Mittag öffnete sich die Ladentür nur wenige Male. Die Regale waren ohnehin fast leer und es machte den Eindruck, dass sich die Fuchsfamilien für die bevorstehende Schuleinführung gut eingedeckt hatten. Eingequetscht fixierte Kilian den Minutenzeiger der Uhr. Frau Reineke las in einem Modemagazin und trank Tee aus ihrem Lieblingsporzellan. Die Stunden dehnten sich ins Unendliche und selbst die Minuten zogen sich wie zäher Kautschuk.

Als Frau Reineke die Gardinen zuziehen wollte, erspähte sie vor dem Schaufenster eine Fuchsmutter mit ihrem Kind, das schüchtern hinter dem buschigen Schwanz der Mutter hervorguckte.

Die Porzellankönigin stöhnte und giftete lautstark: „Ausgerechnet die arme Bäuerin. Die hat mir heute noch gefehlt. Was die wohl will?"

Sie winkte die Beiden hinein und fragte mit ihrer natürlich strengen Stimme, was sie denn tun könnte. Die Fuchsdame unterschied sich von den Fuchsdamen des Vortages. An ihr hing kein glitzernder Schmuck, sie trug ein schlichtes Kleid und schien verängstigt. Der Fuchsjunge versteckte sich hinter seiner Mutter und erweckte den Eindruck, widerwillig mitgekommen zu sein. Unsicher ließ die Fuchsmutter ihren Blick durch die Regale streifen und räusperte sich verlegen:

„Verzeihen Sie Frau Reineke, wie Sie vielleicht wissen wird auch mein Sohn eingeschult und wie im Dorf üblich, wollen auch wir ein Fest geben."

Die Porzellankönigin verschränkte die Arme und musterte die Fuchsmutter von der Seite.

„Ich möchte Sie fragen, Frau Reineke, ob Sie vielleicht ein beschädigtes Kuchenservice übrig haben, das Sie nicht mehr verkaufen können. Ich würde es gern zu einem günstigen Preis kaufen." Der Porzellankönigin dieses Angebot zu unterbreiten, fiel ihr sichtlich schwer.

„Liebe Bäuerin, in meinem Laden gibt es nur hochwertige Ware und gar nichts, was annähernd beschädigt ist. Ich befürchte, ich kann Ihnen nicht helfen", erwiderte Frau Reineke gewohnt streng. Die Fuchsmutter schluckte einen Kloß hinunter und erkundigte sich mit zitternder Stimme: „Was kostet das günstigste Service, das Sie derzeit verkaufen?"

Die Porzellankönigin gab sich keinerlei Mühe wohlwollend zu klingen und befahl Kilian ein Teeservice aus einem Regal herauszugeben.

„Dies ist mein günstigstes Service. Es besteht aus sechs Tassen und sechs Tellern. Ich denke, für Ihr Fest und Ihren Kuchen dürfte das reichen. Es kostet 1200 Fuchsnoten."

Mit gesenktem Kopf fragte die Fuchsmutter schließlich: „Gnädige Frau, besteht die Möglichkeit dieses Service in Raten abzuzahlen. Leider habe ich diesen Betrag nicht, denn uns ist eine Ernte ausgefallen. Doch könnten wir den vollen Betrag innerhalb eines Jahres abzahlen."

„Sehe ich aus wie eine Bank?", spritzte die Porzellankönigin ihr Gift.

„Natürlich nicht, aber haben Sie bitte Verständnis. Sie wissen doch am besten wie wichtig es ist, mit Porzellan zu glänzen. Mein Sohn hat ohnehin schon Schwierigkeiten im Dorf. Er hat nicht die schönste Kleidung und auch nicht das beste Spielzeug und wird deshalb gehänselt. Zur Schuleinführung wollte ich ihm den Ärger ersparen. Er ist nicht schlechter oder besser als andere Kinder, nur weil wir nicht so viel Geld haben, schluchzte verzweifelt die Fuchsdame mit Tränen in den Augen.

Auch Kilian kämpfte mit den Tränen, wieder hätte er am liebsten seine Ohren über die Augen geklappt.

„Liebe Bäuerin, ich verstehe Sie. Doch bedauerlicherweise kann ich nichts für Sie tun. Es tut mir leid. Auf Wiedersehen“, beendete Frau Reineke den Dialog, der ihr unangenehm wurde.

Zutiefst enttäuscht verließen Mutter und Sohn den Porzellanladen. Sie hinterließen eine Stille, die schwer in der Luft wog. Kilian hielt es nicht mehr aus und sprach Frau Reineke unmittelbar darauf an:

„Sehen Sie nicht, was das Porzellan mit den Füchsen anrichtet? Warum ist es Ihnen und den anderen so wichtig, was die anderen von Euch denken und sehen? Sie leben nur für die Äußerlichkeit und den Schein.“

Die Porzellankönigin machte große Augen. Zum ersten Mal hatte Kilian sie direkt angesprochen.

Sie hielt inne, war kurze Zeit sprachlos und überlegte. Dann rief sie: „Kilian! Sie sind genial. Sie haben es auf den Punkt gebracht. Die Füchse leben für die Äußerlichkeit und den Schein. Das Beste daran ist, sie geben dafür Geld aus. Viel Geld. Danke Kilian, gleich morgen bestelle ich kistenweise Spiegel. Die werden weggehen wie warme Semmeln.“

Kilian schaute Frau Reineke entsetzt an und konnte nichts mehr sagen. Das musste er auch nicht, denn sie übernahm das Spiel mit den Worten.

„Ich wusste gar nicht, dass in Ihnen so viel Geschäftssinn steckt. Alle Achtung, fremdes Wesen, ich habe Sie wohl unterschätzt. Sie haben sich eine

Extraportion Bambus verdient. Schönen Feierabend."

Kilian verließ traurig den Laden. Auch die doppelte Portion Bambus konnte seinen Kummer nicht besänftigen. Offenbar wollte Frau Reineke nicht verstehen. Oder war er es, der nichts verstand? Und was in aller Welt waren Spiegel?

Einige Tage später wurden mehrere Holzkisten geliefert. Der Paketbote stellte sie in der Ladenmitte ab und Frau Reineke unterschrieb den Lieferschein. Fröhlich klatschte sie in die Hände und rief: „Mein geschätzter Mitarbeiter, die Spiegel sind da. Ich werde mich jetzt zurückziehen, um an der Schaufenster-dekoration zu arbeiten und Sie packen vorsichtig die Spiegel aus. Bis gleich." Frau Reineke verabschiedete sich mit singender Stimme.

Skeptisch sah Kilian zu den Kisten mit der Aufschrift „Vorsicht, zerbrechlich!" Bedächtig näherte er sich den Kisten und achtete darauf, dass er nicht die seitlichen Regale streifte. Mit dem Rüssel zog Kilian langsam am Klebeband der ersten Kiste. Er musste nur noch den Deckel abnehmen, um zu erfahren, was Spiegel sind.

Wie ein Entdecker, der kurz davor war eine fremde Welt zu erobern, zog er vorsichtig den Deckel zur Seite. Ein frischer Holzduft stieg in die Luft und Kilian blickte auf goldschimmernde Holzspäne. War das schon alles? Irritiert tauchte Kilian seinen Rüssel in die Holzspäne und ertastete einen Griff, der sich hart und kühl anfühlte. Er hob das unbekannte Objekt an und zog einen Kreis mit dekoriertem Silberrand heraus. Neugierig betrachtete er es von allen Seiten.

Nanu, was war das? Irgendetwas bewegte sich innerhalb des silbernen Rahmens. Erschrocken, wagte er einen erneuten Blick. Tatsächlich, innerhalb des Rahmens bewegte sich etwas. Eine lederartige faltige Masse war zu sehen, aus der eine dunkle Kugel hervorschaute. Was war das, was ihn da direkt anschaute? Kilian führte den Spiegel zur anderen Seite seines Kopfes und auch auf dieser Seite starrte ihn eine dunkle Kugel an.

„Wer bist du?“, fragte Kilian ängstlich in den Silberrahmen. Es kam keine Antwort. Aufgeregt streckte er seinen Rüssel nach vorne, um den Spiegel vom Gesicht zu entfernen. Mutig blickte er nochmals in den Kreis. Wieder sah er die lederne und faltige Masse, nur weiter weg und weniger gefährlich. Hektisch schlug er mit den Ohren umher, ohne den Blick vom Spiegel abzuwenden. Seine Augen weiteten sich. Auch die Masse im Spiegel hatte Ohren und schlug ebenfalls damit herum. Kilian wiederholte das Ohrenschlagen und die Masse tat es ihm sofort nach. Dann blieb Kilian reglos stehen und auch die graue Masse, die wie eine Berglandschaft im Porzellanladen aussah, erstarrte.

Kilian stutzte und erschauderte zugleich. War das etwa eine Ecke des Porzellanladens, die hinter der Masse im Spiegel zu sehen war? War das wirklich die gleiche Wand, vor der er saß? Wie konnte das sein? Oder träumte er nur?

Plötzlich schoss das Blut durch seine Adern und alle Muskeln begannen zu zucken. Das war er selbst, was er da im Spiegel gesehen hatte. Er war nichts anderes als eine fettleibige, faltige, graue Masse, die wie eine Berglandschaft aussah. Wie gelähmt starrte er auf das Spiegelbild und stieß einen lang anhaltenden, ohrenbetäubenden Schrei aus. Geschockt ließ er den Spiegel fallen, sprang hoch, streifte die seitlichen

Regale und das erste Porzellan ging zu Bruch. Wie benommen stampfte Kilian wütend und verzweifelt mit seinen Vorderbeinen. Der Boden vibrierte und die noch stehenden Regale fingen an zu wackeln. Nacheinander fielen letzte Tassen, Kännchen und Teller zu Boden und hinterließen dabei schmerzhafte Spuren auf Kilians Haut. Kilian fühlte den Schmerz kaum, denn er wollte nur noch raus. Er stolperte zum viel zu schmalen Vordereingang und riss dabei die ganze Schaufensterwand mit sich. Unzählige Glassplitter und raue Wandfasern gruben tiefe Risse in seine Haut. Nach wenigen Minuten stand Kilian schreiend im Vorgarten.

Er versuchte sich gerade zu beruhigen als ihm unvermutet eine vertraute Stimme zuflüsterte: „Lauf Wambua, lauf!"

Kilian warf einen Blick auf den verwüsteten Porzellanladen. Wie von Sinnen rannte er die Dorfstraße hinunter. Das ganze Dorf bebte. Er lief und lief, ließ das Dorf und die Erfahrung mit dem Spiegel hinter sich und verschwand alsbald im Schutz des Waldes.

DIE PFIFFIGEN SPATZEN

Mit jedem Schritt wurde es dunkler. Als hätte jemand einen pechschwarzen Vorhang gespannt, der ihn erblinden ließ. Die Nacht brach an und Kilian drang tiefer und tiefer in den Wald hinein. Wieder überfiel ihn ein schauerliches und beängstigendes Gefühl. Von überall hörte er gruselige Geräusche, gespenstisches Heulen, geheimnisvolles Knacken und Rauschen. Ermattet setzte sich Kilian und atmete tief durch.

Die schmerzenden Wunden hielten die Erinnerung an den Porzellanladen lebendig. Sofort sah er sich entsetzt vor dem Spiegel stehen. Das war er also, eine hässliche, fettleibige Masse, ein nutzloses Wesen und zu nichts zu gebrauchen. Er ist und bleibt ein Monster, dachte Kilian traurig.

Langsam begriff Kilian, warum er im Zirkus mit Farbe bemalt wurde. Keiner sollte sehen, wer er war und wie er tatsächlich aussah. Die Zuschauer hätten ihn wahrscheinlich nie beklatscht, wenn er seine Kunststücke ungeschminkt, ohne Farbe auf der Haut und ohne Kostüm, vorgeführt hätte. Er kannte jetzt die Wahrheit über sich, denn das Bild im Spiegel war eindeutig und erschreckend. So beklemmend diese Finsternis auch für ihn sein mochte, sie machte ihn unsichtbar. Zutiefst erschüttert klappte Kilian seine Ohren über die Augen und weinte. Er wusste einfach nicht mehr weiter, was er tun sollte, wohin er gehen könnte. Der Morgenaufbruch würde endgültig seine aussichtslose Lage ans Tageslicht bringen. Erschöpft schlief er ein und entfloh in die Welt der Träume.

Erneut träumte Kilian von riesigen Staubwolken und von Elefantenherden, die verzweifelt brüllten. Abermals rief eine bekannte Stimme, „Lauf Wambua, lauf!“ Auch die weise, weiße Eule erschien aufs Neue und wiederholte ihre Worte. „Ich weiß, dass du Angst hast. Es ist wichtig, seine Ängste zu kennen und sie zu spüren. Lebe mit deinen Ängsten, dann kannst du auch lernen, sie zu überwinden. Die Angst kann dein Freund sein und dich beschützen.“

Kilian erwachte durch heftiges Picken und Kribbeln auf seiner Haut. Er schlug die Ohren zur Seite und hörte fröhliches Vogelgezwitscher. Ihm war nicht nach Fröhlichkeit zumute. Allerdings kitzelte es ihm so sehr, dass er sich lachend hin und her wälzen musste. Am ganzen Körper kribbelte und juckte es. Kilian überlegte, ob er sich in einen Ameisenhaufen gelegt hatte. Er drehte den Kopf und sah auf seinem Rücken viele kleine Spatzen, die singend und vergnügt auf sein Haupt einstocherten.

„Was macht ihr da? Hört auf, ihr kitzelt mich zu Tode“, bat Kilian. Die Spatzen ließen sich weder vom Gesagten noch von den mächtigen Körperbewegungen beirren. Kilian schlug mit seinem Rüssel stürmisch hin und her, als sich unerwartet ein Spatz auf seine Rüsselspitze setzte. Er hielt inne und musterte den Spatzen aufmerksam. Für seinen winzigen Körper hatte er einen großen Kopf mit einem kräftigen Schnabel. Das kastanienbraune Federkleid war mit dunkelbraunen Streifen und Tupfen verziert. Aus den grauen Brustfedern stach der schwarze Brustlatz hervor.

„Kommando Stopp“, trällerte der Spatz mit vollem Einsatz seiner Singstimme, worauf das störende Kribbeln schlagartig aufhörte.

„Willkommen im Wald, du großartiges Tier. Im Namen meiner Spatzenfamilie begrüße ich dich herzlich“, sprach der Spatz mit ausdrucksvoller Bewunderung.

Kilian war überrascht. „Was macht ihr eigentlich auf meinem Rücken?“, fragte er schüchtern.

„Das will ich dir gern erzählen. Als wir heute Morgen wie üblich unsere Runde flogen, sahen wir dich hier liegen. Wir kamen nicht umhin zu landen, um dich genauer zu betrachten.

Ein solch großartiges und schönes Tier wie dich hatten wir noch nie gesehen. Wir beobachteten dich eine Weile und dabei fielen uns die Wunden an deinem Körper auf. Wir haben sie mit Blättern betupft und gereinigt, so dass sie schnell verheilen können. Entschuldige bitte, wenn wir dich dabei wach gekitzelt haben."

Kilian war sprachlos und schüttelte sich. Hat der Spatz wirklich ihn gemeint, als er von einem großartigen und schönen Tier sprach? Hatte er sich gerade verhört? Wollte sich der Spatz mit ihm einen Scherz erlauben, obwohl es ehrlich klang?

Irritiert stammelte Kilian: „Vielen Dank, kleiner Spatz, das ist sehr freundlich von euch. Jedoch lass bitte die Scherze und nenne mich nicht großartiges und schönes Tier." Kilian stockte und plötzlich brach es aus ihm heraus: "Siehst du denn nicht, dass ich ein Monster bin?"

Der Spatz stutzte. „Wie kommst du darauf, dass ich mir mit dir einen Scherz erlaube? Ich bin gerade mal so groß wie deine Rüsselspitze und würde es niemals wagen. Du hast uns einfach sehr beeindruckt."

„Dann verzeih mir bitte. Es ist nur, dass ich niemanden beeindrucken möchte und gar nicht gesehen werden will. Am liebsten wäre ich unsichtbar", sagte Kilian, während sich alle Spatzen auf seinem Rücken postierten und der Unterhaltung wie einem Krimi lauschten.

„Lieber Freund, ich kann ein Lied davon trällern wie es ist, unsichtbar zu sein. Wir Spatzen sind sehr klein und auch wenn wir äußerst zahlreich sind, werden wir kaum wahrgenommen. Wenn wir irgendwo verweilen, läuft jeder achtlos an uns vorbei. Um gesehen und gehört zu werden, müssen wir uns schon die Kehle aus der Brust singen. Jeder für sich allein kann nichts bewirken. Aber wir können fliegen und können vieles überschauen. Und wir können wunderschön singen. Du bist groß, nicht zu übersehen und bestimmt sehr stark. Mit Sicherheit hast auch du noch andere Vorzüge. Doch was machst du hier im Wald?“, interessierte sich neugierig der Spatz.

„Wenn ich das nur wüsste. Ich habe mich verlaufen. Ich weiß nicht, wo ich bin, wohin ich soll“, schluchzte Kilian entmutigt.

Der Spatz holte tief Luft und entschuldigte sich für einen Augenblick. Er verschwand zu seinen Kameraden und tauchte in ein unüberhörbares Singsang ein. Kurz darauf machte er es sich erneut auf Kilians Rüsselspitze bequem.

„Mach dir keine Sorgen und verzage nicht. Ich weiß, wer dir dabei helfen kann.“

Kilian blickte den Spatzen skeptisch an.

„In einer Höhle lebt zurückgezogen der kluge Waschbär Ovedus. Er ist nur schwer zu finden und der Weg dorthin ist mühsam und unbequem. Du wirst tagelang im Wald unterwegs sein und mindestens sieben Bäche überqueren. Ist es dir gelungen bei Ovedus anzukommen, wird er dir sicher helfen können, deinen Weg zu finden“, sagte der Spatz voller Zuversicht.

Kilian war sich nicht sicher, ob er dem Spatzen trauen konnte. Allerdings hatte er selbst keinen Plan und nichts zu verlieren. Darüber hinaus hatte der Spatz mit seiner Familie dafür gesorgt, dass seine Wunden heilen können, warum sollte er ihm jetzt Böses wollen. Er überlegte noch eine Weile, bis er schließlich antwortete. „Also gut, ich werde den klugen Waschbären suchen und vielleicht kann er mir helfen. Herzlichen Dank für eure großzügige Unterstützung. Kannst du mir den Weg zeigen?“, fragte Kilian hoffnungsvoll.

„Das würde ich sehr gern, doch leider kenne ich deinen Weg nicht, erwiderte der Spatz mit einem aufrichtigen Lächeln. Bedeutungsvoll spreizte er seine Flügel und zwitscherte:

„Höre auf deine innere Stimme, sie wird dir den richtigen Weg weisen. Wir wünschen dir viel Glück und freuen uns, dass wir dich, großartiges und schönes Tier, kennen lernen durften."

Er pfiff lauthals, worauf sich alle Spatzen versammelten und gemeinsam davonflogen.

Nachdenklich blieb Kilian allein zurück. Die Antwort des Spatzen, dessen Namen er nicht einmal kannte, verunsicherte ihn. „Höre auf deine innere Stimme!", wiederholte er mehrfach laut die Worte und wusste nicht wie das funktionieren sollte.

Froh über die glückliche Wendung seiner aussichtslosen Lage, hatte er neuen Mut gefasst und beschloss, erst einmal loszulaufen und Ovedus zu suchen.

Kilian lief und lief, Stunde um Stunde, ohne eine Pause. Der nächste Tag hatte bereits begonnen, als er am ersten Bach seinen müden Körper ins Wasser tauchte. Sein Bauch rumorte und der Hunger trieb ihn, die bitter schmeckenden Tannenzweige zu essen. Während er sich ausruhte, gingen ihm die Worte des Spatzen durch den Kopf und er hoffte, dass der Weg nicht noch beschwerlicher werden würde.

Zuversichtlich rechnete Kilian. Wenn er im gleichen Tempo weiterläuft, könnte er es in sechs Tagen geschafft haben. „Sechs Tage noch und noch sechs Bäche", murmelte Kilian, „sechs Tage, sechs Bäche" und schlief darüber ein.

Mit jedem neuen Tag verdichtete sich der Wald.

Kilian hatte große Mühe sich zwischen den Bäumen zu bewegen. Die drahtigen Äste bohrten sich immer öfter in die verheilenden Wunden. Er verstand jetzt viel zu gut wie ernst der Spatz die Vorhersage über den langen und beschwerlichen Weg gemeint hatte. Nur noch langsam schleppte er sich voran.

Als er am vierten Bach ausruhte, vom Hunger gequält, überkamen ihn riesige Zweifel. Würde er es jemals schaffen, die Höhle zu finden und an sein Ziel zu gelangen? Der Wald wird bestimmt noch dichter und das Fortbewegen noch schwieriger. Seine Kraftreserven waren nahezu aufgebraucht und keine Nahrung in Sichtweite. Angewidert kaute er die abscheulichen Tannenzweige, die ihn benommen machten.

Müde hing er seinen Gedanken nach. Er erinnerte sich an die Tage im Zirkus und an die wohlschmeckenden Erdnüsse. Er sah sich am Pflock angekettet und vor einer riesigen Schüssel leuchtender Erdnüsse. In dieser Vorstellung fing der angekettete Elefant an zu sprechen: „Da sitzt du nun im dunklen Wald und kühlst deine Wunden, die du dir in deiner Freiheit zugezogen hast! Dummer Elefant! Im Zirkus hattest du es gut, täglich leckere Erdnüsse, keine Zukunftsängste, jeden Tag wusstest du, was dich erwartet. Jede Nacht hattest du ein Dach über den Kopf. Sei klug, komm zurück in den Zirkus. Du schaffst es nicht, die Höhle und Ovedus zu finden. Du wirst nie in Freiheit leben, eher fügst du dir noch mehr Verletzungen zu. Gib endlich auf!“

Kilian erschrak, schüttelte sich und schlug die Ohren über die Augen. Ein neues, unscharfes Bild erwachte zum Leben. Kilian sah sich gemeinsam mit anderen Elefanten durch wunderschöne Steppenlandschaften laufen. Er sah glücklich und zufrieden aus, als er zu sprechen begann: „Du bist ein mutiger Elefant, voller Hoffnung und Träume. Du glaubst an das Erreichen deiner Ziele, weil du viel zu stark bist um jetzt aufzugeben. Höre nicht auf den kleinen Zirkuselefanten an der Kette. Er hat das Träumen aufgegeben und kennt nur noch Ängste. Du bist aus dem Zirkus ausgebrochen, weil du von der Freiheit träumst. Noch weißt du nicht, wohin dich dein Weg führen wird. Du hast Vertrauen, dass es der richtige Weg ist und dich glücklich machen wird. Gib nicht auf und lauf weiter Elefant, lauf!"

Kilian schüttelte sich erneut und war blitzartig hellwach.

Er blickte nach vorne und nach hinten, doch kein anderer Elefant war zu sehen. Wie sollte er auf seine innere Stimme hören, wenn er mindestens zwei davon hatte. In Kilian tobte ein Kampf zwischen dem angeketteten Kilian, der ihn zum Rückzug aufforderte und dem freiheitsliebenden Elefanten, der ihn motivierte weiterzulaufen. Welcher dieser Beiden hatte Recht, auf welchen sollte er hören? Wessen Stimme ertönte lauter und welcher Elefant gefiel ihm besser? Kilian war hin und her gerissen. Er schaute in den Bach und sah sein verschwommenes Spiegelbild.

Wem war er ähnlicher? Je länger er hineinschaute, desto klarer wurde ihm, dass er nicht mehr der kleine gehorsame Elefant an der Kette ist. Inzwischen war er äußerlich und innerlich gewachsen, hat sich aus eigener Kraft befreit und ist bis hierher gekommen. War er bereits der glückliche und fröhliche Steppen-elefant? Kilian stöhnte laut; das war er nicht.

Plötzlich sprang er auf, wie ein Geistesblitz durchzuckte es ihn. All die Träume, Bilder, Gedanken waren kein Zufall. Ein freier Steppenelefant zu sein, war sein sehnlichster, innerster Wunsch und noch fernes Ziel. Ein unbekanntes, angenehmes, heimatliches Gefühl ergriff ihn. Wie gern würde er Artgenossen treffen, die so waren wie er und ihn nicht als sonderbar empfanden.

Er wusste nun, weshalb er den Weg ging, den er gerade ging. Alles hatte einen Sinn und die Schmerzen und Entbehrungen gehörten wohl dazu, näher an das Ziel zu kommen. Jetzt als Kilian sein Ziel deutlich vor Augen hatte, fasste er wieder Hoffnung und Mut.

Gedankenverloren schaute er nochmals in den Bach und stellte sich vor, wie der ängstliche, angekettete Zirkuselefant langsam im Bach unterging bis seine Stimme in der Stille der Nacht verstummte. Kilian stand im Mondscheinlicht am Bachufer und verabschiedete seinen alten, vertrauten Freund.

„Höre auf deine innere Stimme!“, hallten die Worte des Spatzen nach. Kilian wurde klar, dass er einzig und allein selbst bestimmte, welche Stimme ihn führte.

Er entschied, dass es die Stimme seines Herzens und nicht die Stimme der Angst sein wird, die ihn künftig führen und begleiten sollte.

Durcheinander von seinen Gedanken und Gefühlen, jedoch erfüllt von neuer, innerer Kraft, kämpfte sich Kilian noch mehrere Tage durch den Wald. Der Weg war nach wie vor äußerst beschwerlich und die drahtigen Tannenzweige ärgerten Kilian. Allerdings empfand er die Belastungen, Anstrengungen und den Hunger nicht mehr so quälend. Getrieben und beflügelt von seinem innersten Ziel, wollte er nur noch den klugen Waschbären Ovedus finden.

Nachdem Kilian endlich den siebten Bach hinter sich ließ, wusste er, dass es bis zur Höhle nicht mehr weit sein konnte. Der Wald lichtete sich nach und nach, das Vorwärtskommen fiel Kilian spürbar leichter. Alsbald stand er auf einer Wiese, die mit saftigen Gräsern übersät war. Erfreut und gierig stürzte Kilian seinen Rüssel in den grünen Teppich. Glücklich über die Bewegungsfreiheit und überwältigt vom lang vermissten Sättigungsgefühl tänzelte er über die Wiese, bis er in der Ferne eine Höhle sah. War das der Ort, an dem der Waschbär Ovedus lebte?

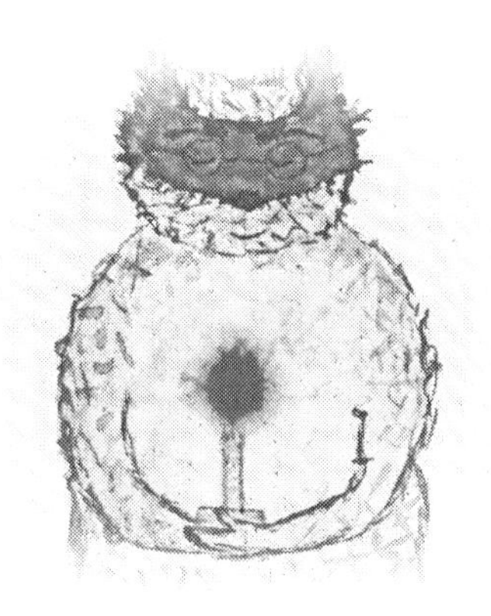

DER KLUGE WASCHBÄR

Kilian näherte sich der felsigen Höhle, die wie ein Berg aus dem Boden wuchs. Am Eingang blieb er stehen und blickte neugierig ins dunkle Höhleninnere. Außer einer Kette mit kleinen kupferfarbenen Glocken konnte er nichts erkennen. Kilian nahm allen Mut zusammen und zog mit seinem Rüssel an der Kette. Der klirrende Ton verursachte solch ein Echo, dass Kilian erschrak. Er überlegte, ob er lieber gehen oder noch einmal an der Kette ziehen sollte. Schließlich wurde in der Tiefe der Höhle ein kleines orangerotes Licht sichtbar, das sich auf und ab bewegte und näher herankam. Kilian war aufgeregt, denn woher sollte er wissen, dass es der Waschbär Ovedus sein wird, der gleich aus dem Dunkel treten würde. Vielleicht lebte hier ein bösartiges Geschöpf, das durch Kilian gestört worden ist und jetzt herbeieilte, um den Eindringling zu beseitigen. Kilians Beine zitterten und er dachte daran, sich von der Höhle zu entfernen. Dann erinnerte er sich an seine Herzensstimme und vertraute darauf, dass ihm keine Gefahr drohte. Das orangerote Licht kam langsam näher und Kilian erkannte, dass es sich um eine brennende Kerze handelte, die ein Waschbär in der Hand hielt. Kilian war erleichtert.

„Du bist es“, sagte der Waschbär, als er bedächtig auf Kilian zuschritt. „Ich habe noch nicht mit dir gerechnet“, fügte er hinzu.

„Woher wusstest du, dass ich kommen werde?“, fragte Kilian überrascht.

„Da staunst du?“, rief der Waschbär erheitert. „Ich bin zwar schon alt und grau, brauche für alles mehr Zeit, aber ich bin immer noch gut darin, die Dinge kommen zu sehen“, fuhr Ovedus fort.

„Du kannst also hellsehen und in die Zukunft schauen?“, fragte Kilian hoffnungsvoll und ungläubig zugleich, worauf der Waschbär herzlich lachte.

„Nein, mein Guter, ich habe mir einen kleinen Scherz mit dir erlaubt. Ich kann nicht hellsehen und muss dich enttäuschen, es gibt keine Abkürzung zum Glück, das wir uns in der Zukunft erhoffen. Den Weg dorthin wirst du schon selbst gehen müssen.“

„Wie hast du dann erfahren, dass ich komme?“, fragte Kilian irritiert.

„Um die Wahrheit zu sagen, haben es mir die pfiffigen Spatzen gezwitschert. Sie hatten den Eindruck, dieser Ort würde dir gut tun“, antwortete der kluge Waschbär. „Aber jetzt lass uns hier keine Wurzeln schlagen, das Tageslicht blendet mich ein wenig. Komm rein und folge mir“, sagte der Waschbär ohne jeden Zweifel, dass es Kilian unterlassen würde. Kilian blickte dem Waschbären nach und horchte kurz in sich hinein. Er verspürte keinen Widerstand und folgte dem leicht watschelnden Waschbären.

„Wie heißt du, mein Freund?“, fragte der Waschbär.

„Mein Name ist Kilian, so wurde ich im Zirkus genannt“, antwortete Kilian.

„Das ist ein schöner Name. Du bist also ein Kämpfer.“

„Nein, das bin ich nicht.“, antwortete Kilian.

„Und was für ein Kämpfer du sein musst. Glaube mir, mich haben schon viele verschiedene Tiere aus unterschiedlichsten Ländern und Kontinenten besucht und ich weiß, wie beschwerlich der Weg zu mir ist. Ich will gar nicht wissen, wie viele Tiere umkehren und unterwegs aufgeben. Du, Kilian, bist mit Abstand das größte Geschöpf, das den Weg auf sich genommen hat. Ich kann mir gut vorstellen, wie sehr du dich anstrengen musstest und gelitten hast. Daher habe ich noch nicht mit dir gerechnet. Ich war überzeugt, du würdest viel länger unterwegs sein. Offenbar ist in dir mehr Kampfgeist, als du es dir zugestehen möchtest“, erklärte Ovedus.

Kilian lief stumm nebenher und dachte über die Worte nach. Er betrachtete den Waschbären genauer. Sein Gesicht rund um die Augen war wie eine schwarz gefärbte Maske, die von einem weißen, struppigen Fell umgeben war. Auf der kleinen Nasenspitze ruhte eine kugelrunde Brille, durch die er mit wachen, verkniffenen Augen schaute. Um die weißen Ohren herum standen die Haare zu Berge. Insgesamt wirkte er wie ein verrückter Professor oder Erfinder. Kilian hatte keine Ahnung, wer oder was der Waschbär war und was er mit ihm vorhatte.

„Was machst du eigentlich und warum kommen Tiere aus aller Welt zu dir?“, fragte er. Der Waschbär kratzte sich mit der freien Hand am Kopf und brachte sein Haar noch mehr durcheinander.

„Das ist eine gute Frage, Kilian. In der Tat, das ist eine sehr gute Frage“, stellte Ovedus fest ehe er sagte: „Ich bin in der Lage sehr leise und sanfte Töne wahrzunehmen.“ Kilian verstand nicht und wunderte sich. Was war daran so besonders, fragte er sich, ohne die Frage laut gestellt zu haben. Trotzdem antwortete Ovedus: „Es sind nicht irgendwelche Geräusche, die ich höre. Lass mich also deine Frage beantworten. Es ist die innere Stimme, die ich hören kann, deine oder die der anderen Tiere.“

„Und deshalb kommen die Tiere zu dir?“, staunte Kilian mehr feststellend als fragend.

„Ja, deshalb. Oft verlernen wir auf die innere Stimme zu hören. Tagein, tagaus gehen wir unseren Pflichten nach und lassen uns von den Lebensumständen vereinnahmen. Dabei vergessen wir manchmal unsere innere Stimme oder überhören sie oder hören nicht auf sie. Denn sie kann uns dazu bringen, Dinge zu tun oder nicht zu tun, die uns Angst machen. Aus diesem Grunde verlernen viele Tiere im Einklang mit ihrer inneren Stimme zu leben. Sie kommen zu mir um sie wieder zu hören, um sie wieder zu entdecken oder um zu lernen dieser Stimme zu vertrauen.“ Kilian hatte keine weiteren Fragen.

Sie liefen schweigend Seite an Seite. Die Höhle war

groß und mit jedem Schritt entfernten sie sich von der Welt draußen. Dann blieb der Waschbär vor einem schmalen Stalagmiten stehen und drückte auf eine Taste. In diesem Moment gingen nacheinander honiggelbe Lichter an und hüllten die Höhle in ein warmes Licht. Ovedus und Kilian standen vor einem riesengroßen Vorhang.

„Wir sind angekommen“, sagte Ovedus.

„Angekommen?“, wollte Kilian gerade fragen, als sich vor ihm langsam der Vorhang öffnete. Kilian blieb stehen und war gespannt, was dahinter zum Vorschein kam.

Es war sein Spiegelbild. Hinter dem Vorhang hing ein riesiger Spiegel. Kilian erkannte die graue, faltige Masse, die er darstellte und die ihm kürzlich einen derartigen Schrecken einjagte, dass er den ganzen Porzellanladen in Schutt und Asche trat. Auch jetzt löste das Spiegelbild ein seltsames, unangenehmes Gefühl in ihm aus.

„Tritt einen Schritt zurück“, rief der kluge Waschbär. „Du stehst viel zu nah dran, um dich in deiner ganzen Schönheit betrachten zu können.“

Kilian ging langsam ein paar Schritte zurück und schaute gebannt auf sein Spiegelbild. Nach etwa zehn Schritten war er in der Lage, sich in seiner vollen Größe zu sehen. „So ist gut, Kilian, sagte der Waschbär, alles in Ordnung.“ Kilian war überwältigt und sprachlos zugleich.

„Manchmal ist es notwendig, ein paar Schritte zurückzutreten, um sich als Ganzes zu erkennen.“

Kilian lauschte Ovedus Worten.

„Jetzt schau mal genau hin. Siehst du deine großartigen Ohren?“, fragte Ovedus.

„Die sind ja kaum zu übersehen, klar sehe ich sie.

Doch was ist an ihnen schon großartig?" fragte Kilian verwundert.

„Nun, das ist ein besonderes Geschenk, was dir mit diesen Ohren mitgegeben worden ist. Du hast die Gabe sehr gut zuzuhören, und das ist etwas, was da draußen dringend gebraucht wird: Jemand der zuhören kann. Und auch du hast etwas davon, wenn du anderen dein Ohr schenkst. Du sammelst viele Erfahrungen und kannst dabei selbst eine Menge lernen", antwortete der kluge Waschbär.

Kilian schaute seine Ohren genauer an. So hat er sie noch nie gesehen. Wenn das stimmte, was Ovedus sagte, hatte er wirklich Grund zur Freude. „Dafür habe ich einen komischen langen Rüssel", sagte Kilian entschuldigend.

„Wunderbar! Wieder ein Geschenk, das dir mitgegeben worden ist. Dein Elefantenrüssel mit seinen Tasthärchen ist sehr feinnervig. Jede kleinste Schwingung kannst du damit aufspüren und bist daher selbst sehr einfühlsam. Eine Gabe, die den anderen zugutekommt und auch dir nutzt. Du bist in der Lage, Gefühle nachzuempfinden und kannst dich sehr gut in andere hineinversetzen. Was für wunderbare Gefühle es doch gibt, die auf dieser Welt zu entdecken sind. Genieße es", schwärmte Ovedus sehnsuchtsvoll.

Wieder blickte Kilian etwas genauer in den Spiegel und beobachtete seinen Rüssel. Er folgte seiner Bewegung und entdeckte diesen ganz neu für sich. Noch nie kam er auf die Idee, in diesem ein Geschenk zu sehen.

„Nun gut, ich danke dir, Ovedus, du hast vermutlich Recht und ich war bislang etwas undankbar für das, was ich alles selbst habe. Aber wenn du dir meine dicke und borstige Haut anschaust, dann wirst du wohl nichts Schönes daran finden", fuhr Kilian fort.

„Das ist Ansichtssache. Ja, es stimmt, deine Haut ist dick, und wenn du es genau wissen willst, ist sie ungefähr drei Zentimeter dick. Sie macht dich widerstandsfähig und schützt dich vor den Launen der Natur. Was glaubst du, was dir ermöglicht hat, es bis zu mir zu schaffen? Es war nicht dein starker Wille allein. Deine dicke Haut hat dich den ganzen Weg über vor den Stichen der Nadelbäume geschützt. Auch wenn du ein paar Kratzer abbekommen hast, durch die dicke Haut sind die Nadeln nicht durchgekommen", entgegnete Ovedus mit verständnisvoller Stimme.

Überrascht stutzte Kilian. Das was er am hässlichsten fand, hatte ihn letztendlich dorthin gebracht, wo er jetzt war und bescherte ihm diese Erkenntnis. Das dritte Geschenk an diesem Tag.

„Du verstehst jetzt vielleicht, warum du großartig bist. Du bist das größte Landtier überhaupt und bist mit deinen Eigenschaften auch von innerer Größe", fasste Ovedus zusammen.

„Das ist schön und gut. Ich freue mich sehr, doch hat mich meine Größe im Porzellanladen gehindert. Alles habe ich dort kaputt gemacht", versuchte Kilian sein Selbstbild aufrechtzuerhalten, obschon es ihm dämmerte, dass der Waschbär auch auf diesen Einwand eine kluge Antwort wusste.

Der Waschbär fing aus vollem Herzen an zu lachen. „Ein Elefant im Porzellanladen, das ist wirklich komisch. Verzeih bitte, aber ich könnte brüllen", prustete der Waschbär und konnte sich vor Lachen kaum halten.

Kilian war irritiert. „Was ist daran so komisch?“, fragte er leicht erregt.

Amüsiert antwortete der Waschbär: „Natürlich hast du dort alles kaputt gemacht. Ein Elefant gehört nicht in einen Porzellanladen. Ein Fisch taugt nichts an Land, sein Element ist das Wasser, dort bewegt sich ein Fisch geschmeidig wie ein Wassertänzer. An Land geht er ein wie eine vertrocknete Pflanze, die man vergessen hat zu gießen. Es ist ganz einfach, der Porzellanladen ist nicht dein Element, kein Grund an sich zu zweifeln.“

Kilian blickte in den Spiegel. Mit jedem Satz, den der kluge Waschbär von sich gab, bröckelte sein Selbstbild immer mehr. Es strengte ihn an. Obwohl der Waschbär angenehme Dinge sagte, irgendwie verstörten sie ihn. Während Kilian vor sich hin grübelte, sprach der Waschbär unterdessen weiter.

„Mein Freund, es fühlt sich bestimmt befremdend an, was du gerade durchmachst. Glaube mir, es gibt immer mehrere Perspektiven. Ob du großartig bist oder nicht, das hängt allein von deiner persönlichen Sichtweise ab. Du allein entscheidest. Ist das nicht toll?“, fragte Ovedus.

„Ich nehme an, das ist es. Ich muss mich wohl erst daran gewöhnen“, murmelte Kilian unsicher.

„Das kannst du sehr gern tun. Du hast alle Zeit der Welt. Ich lade dich ein, für eine Weile hierzubleiben. Das ist nicht nur eine Geste meiner Großzügigkeit. Vielmehr könnte ich jemanden wie dich gut gebrauchen“, sprach Ovedus.

„Du hörst gut zu und hast ein feinfühliges Wesen. Genau danach suchen die Tiere. Es kommen schon sehr viele zu mir und ich bin nicht mehr der Jüngste. Du könntest mich mit deiner Anwesenheit und deinen Gaben unterstützen und entlasten. Du selbst hättest auch einen Nutzen davon. Du kannst von den anderen Tieren etwas lernen und herausfinden, wo du dich in deinem Element fühlst. Wie wir festgestellt haben, war es nicht im Porzellanladen“, beendete der Waschbär schmunzelnd seine Einladung.

Kilian dachte nach. Sich in seinem Element fühlen, deshalb war er hier. Das machte Sinn. Doch könnte er den anderen Tieren helfen?

Wieder las der kluge Waschbär seine Gedanken und sagte: „Ich bin mir sicher, dass du helfen kannst. Du wirst sehen, allein durch dein Zuhören kannst du Wunder bewirken. Dazu braucht es keine große Vorbereitung. Das Wichtigste ist, die Besucher ernst zu nehmen und ihnen ohne Vorurteile zu begegnen.“

Kilian zögerte und überlegte, ob er was zu versäumen oder zu verlieren hätte. Das Gegenteil war der Fall, Ovedus tat ihm gut und er würde eine Menge von ihm lernen können. Kurzentschlossen nahm Kilian die Einladung an und dem Waschbären stand die Freude ins Gesicht geschrieben.

Noch lange saßen sie bei Kerzenschein und leckeren Erdnüssen zusammen und unterhielten sich. Kilian erzählte von seinen Abenteuern, insbesondere vom Porzellanladen konnte der Waschbär nicht genug hören. Sein herzhaftes Lachen war dermaßen ansteckend, dass schließlich auch Kilian in ein breites Lachen verfiel, wenn er über sich im Porzellanladen erzählte. Er fühlte sich geborgen und es tat ihm gut, über sich selbst zu lachen.

Mit neuen Erkenntnissen und positiven Erfahrungen zog sich Kilian müde in seine Schlafhöhle zurück und schlief in Vorfreude auf die nächsten Tage ein.

EIN SCHWARZES SCHAF

Kilian hatte sich nach einigen Tagen gut erholt und fühlte sich wie neugeboren. Die Gespräche mit Ovedus beflügelten ihn, endlich selbst aktiv zu werden. Die erste Bewährungsprobe ließ auch nicht mehr lange auf sich warten, denn für den nächsten Tag hatte sich ein schwarzes Schaf angekündigt.

Am nächsten Morgen gab Ovedus Kilian bei reich gedecktem Frühstückstisch und anregendem Teeduft noch einige Ratschläge für das bevorstehende Treffen. Kilian war sehr angespannt und fühlte sich wie vor seinem ersten Auftritt im Zirkus. Seine Beine waren wieder puddingweich und am liebsten wäre er davongelaufen. Ovedus zeigte sich zuversichtlich und beruhigte Kilian.

Die Glockenkette am Höhleneingang läutete und Ovedus sagte: „Das wird das schwarze Schaf sein. Am besten du holst es allein ab und führst es in die große Höhlenkammer."

Kilian atmete zweimal tief ein und aus und setzte sich in Bewegung.

Ovedus lächelte Kilian an und bat ihn kurz zu warten. „Siehst du die große Holzkiste in der Ecke? Nimm sie mit, die Dinge darin werden dir eine große Hilfe sein."

Mit der Kiste auf dem Rücken machte sich Kilian auf den Weg zum Höhlentor.

„Viel Glück", rief Ovedus fröhlich und schlürfte weiter seinen Tee.

Am Höhleneingang stand wie erwartet ein schwarzes Schaf. Es wirkte schüchtern und hatte den Kopf gesenkt. Kilian begrüßte das Schaf und lud es freundlich ein, ihm zu folgen. In der Höhlenkammer stellte er die Kiste vor sich ab und bot dem Schaf einen Platz an.

„Es freut mich, dass du den Weg zu uns gefunden hast. Was führt dich her?", fragte Kilian, wie es ihm der Waschbär empfohlen hatte.

Das schwarze Schaf ließ die Schultern fallen und stieß einen tiefen Seufzer aus: „Ich komme zu euch, weil ich es satt habe, länger ein schwarzes Schaf zu sein. Am liebsten wäre ich ein weißes Schaf, wie alle anderen in meiner Herde."

„Liebes Schaf, ich sehe du bist sehr bedrückt. Was macht es dir so schwer, ein schwarzes Schaf zu sein?", fragte Kilian interessiert.

„Ach, es sind meine Brüder und Schwestern, die

über mich spotten. Sie sagen, ich wäre schwarz wie Kohle und sehe dem Wolf viel ähnlicher als einem Schaf. Wenn wir gemeinsam auf der Wiese spielen, muss ich immer der böse, schwarze Wolf sein, vor dem jedes Schaf Angst hat und wegrennt. Dann stehe ich oft allein und bin darüber sehr traurig und auch weil kein weißes Schaf mit mir befreundet sein möchte. Manchmal bleiben welche stehen und johlen: „Los schwarzes Schaf, komm zu uns, wir wollen spielen!“ Sobald ich näher trete, lachen sie mich aus und verstecken sich. Sie rufen und toben: „Glaubst du wirklich, wir spielen mit einem Wolf im Schafspelz?“ Ich bin dann wie so oft sehr einsam und träume, endlich ein weißes Schaf zu sein“, schluchzte das Schaf.

Kilian war berührt von der Geschichte und wusste für einen Augenblick nicht, wie er reagieren sollte.

Sein Blick ging zur mitgebrachten Kiste als er sagte: „Ich kann deinen Kummer gut verstehen. Lass uns gemeinsam in diese Kiste schauen und vielleicht finden wir etwas, das dir weiterhilft.“

Er zog den Holzdeckel zur Seite und beide guckten neugierig hinein. Auf einer grasgrünen Unterlage befanden sich kleine Schafe aus Wolle. Es waren etwa fünfzehn, die eng beieinander standen und alle waren sie schwarz. Nur in einer Ecke lag ein einziges kleines weißes Wollschaf.

Mit ruhiger Stimme fragte Kilian: „Fällt dir etwas auf?“ Das schwarze Schaf sah stumm in die Kiste.

“Was meinst du, wer ist hier in der Kiste einsam?“, beendete Kilian das Schweigen.

Zögernd beantwortete das Schaf die Frage: „Es wird in dieser schwarzen Herde wohl das weiße Schaf sein.“

„Das sehe ich auch so“, stimmte Kilian zu. „Ein weißes Schaf ist in einer schwarzen Herde ein Außenseiter, es ist anders, sozusagen ein schwarzes Schaf. Glaubst du immer noch, dass ein weißes Schaf besser ist als ein schwarzes?“, fragte Kilian.

Das schwarze Schaf ließ sich mit der Antwort wieder Zeit: „Es gibt wohl keinen Unterschied, auch wenn ich es noch nicht wirklich glauben kann, dass ein weißes Schaf weder besser noch schlechter ist.“

„Nur weil du anders aussiehst, heißt es nicht, dass du schlechter bist als deine Geschwister. Im Gegenteil, du bist etwas ganz Besonderes“, rief Kilian freudig aus.

„Wie meinst du das?“, fragte das Schaf mit großen Augen.

„Schau noch einmal in die Kiste. Welches Schaf fällt dir als erstes auf?“, fragte Kilian frohen Mutes. Er war glücklich über seinen Einfall und dass er wusste, was er zu tun hatte.

„Das weiße Schaf“, flüsterte das schwarze Schaf.

„Genau, das weiße Schaf ist in dieser Herde etwas Besonderes. Es unterscheidet sich von den anderen Schafen und ist einzigartig“, bestätigte Kilian. „In deiner Herde bist du schon allein durch dein schwarzes Wollkleid einzigartig. Darauf kannst du stolz sein.“

Das Schaf staunte. „So habe ich das noch nie so gesehen. Doch warum ärgern mich die anderen dann ständig?“, sprudelte es aus ihm heraus.

„Das ist eine gute Frage“, antwortete Kilian und dachte laut darüber nach.

„Was haben die Schafe davon, wenn sie ein Schaf ärgern, das anders ist als sie? Fühlen Sie sich dann stärker und besser? Vermutlich, schließlich sind sie in der Überzahl und damit selbstverständlich stärker. Doch eigentlich sind sie schwach, weil sie einen Beweis dafür suchen, dass sie stark sind!"

Hoffnungsvoll beobachtete das Schaf Kilian.

„Es gehört viel Mut dazu, anders zu sein als andere. Diesen Mut bringst du tagtäglich auf, während deine Geschwister sich nur in der Gruppe stakt fühlen. Das gibt ihnen Sicherheit. Versuch sie zu verstehen, habe Nachsicht mit ihnen. Sie sind nicht so stark wie du", endete Kilian voller Überzeugung.

Das Schaf lächelte zum ersten Mal. Viele Fragen schwirrten jetzt in seinem Kopf herum. War es tatsächlich mutig, einzigartig und stark? War es etwas Besonderes, ein schwarzes Schaf zu sein?

Es fasste einen Entschluss. Es wollte sich nicht mehr verspotten lassen. Es würde auch nicht mehr der Herde nachlaufen und betteln, mitspielen zu dürfen. Es würde den Geschwistern erklären, dass nicht die Farbe des Wollkleides entscheidet, wer gut oder schlecht ist. Natürlich wird dies viel Mut bedeuten, doch schließlich war es ein mutiges Schaf, wie der Elefant behauptete.

„Vielen Dank, lieber Elefant. Du hast mir sehr geholfen, ich fühle mich viel besser als heute Morgen. Jetzt gehe ich zurück zur Herde und werde etwas ändern. Ich versuche mich wie ein besonderes und mutiges Schaf zu verhalten", verabschiedete sich das Schaf mit neuer Kraft.

Auch Kilian spürte einen positiven Energieschub. Der Gesprächsverlauf hatte ihn optimistisch gestimmt und er ermunterte das Schaf für dessen Vorhaben. Beim Abschied bat er das Schaf, ihn in einigen Wochen nochmals zu besuchen und zu berichten, ob es seine Vorsätze verwirklichen konnte.

Zeit ging ins Land, in der Kilian vielen großen und kleinen Tieren sein Ohr schenkte und abwechslungsreiche Gespräche führte. Er lernte zum Beispiel Enten kennen, die lieber Schwäne geworden wären, es kam ein Löwe, der lieber ein Bär sein wollte oder eine Maus, die davon träumte, wie ein Vogel am Himmel zu fliegen.

Tatsächlich stand eines Tages das schwarze Schaf mit strahlenden Augen vor Kilian. Er ahnte sofort, dass es dem Schaf gut ging und er eine wunderbare Geschichte hören würde. Aufgeregt erzählte das Schaf von seinen Erlebnissen.

Es war seit seiner Rückkehr der Schafherde nicht mehr nachgerannt, sondern immer selbstbewusster und fröhlich durch die Wiesen gehüpft. Es wusste, dass es ein besonderes Schaf war und dies schienen auch die anderen Schafe zu spüren. Sie verfolgten den Außenseiter mit neugierigen Blicken und fragten sich, warum es nicht wie gewohnt ihnen hinterherlief.

Nach einigen Tagen geschah das, wovor sich alle Schafe am meisten fürchteten. Der Wolf tauchte plötzlich auf und versetzte alle in Angst und Schrecken. Die Schafe blökten, rannten wild durcheinander und flohen ins Gebüsch.

Mit Tränen in den Augen beschrieb das schwarze Schaf seine übergroße Angst vor dem gefährlichen Wolf, der gern Schafe riss. Es fand keinen schützenden Platz und blieb auf der offenen Wiese ausgeliefert zurück. Zitternd erzählte es weiter, wie es allen Mut zusammennahm und vor dem Wolf stehen blieb. Obwohl der Wolf seine Zähne fletschte, hatte es sich getraut, ihn trotzdem anzusprechen und ihm zu sagen, dass es ein schwarzes und besonderes Schaf sei und keine Angst hätte.

Das schwarze Schaf schilderte sichtlich aufgewühlt, dass das was dann passierte, ganz schnell ging und eine völlig überraschende Wende nahm.

Der Wolf hatte das schwarze Schaf kurz angestarrt und gestutzt. Mit einem kurzen Bellen kam er dem Schaf ganz nahe. Er roch an seinem Fell und rannte plötzlich blitzartig davon und verschwand.

Das Schaf machte eine kurze Pause und holte tief Luft bevor es zum Ende kam. Noch immer hocherfreut berichtete es, wie sehr es sich über diese Reaktion gewundert hatte und noch eine Weile wie angewurzelt verharrte.

Nach und nach trauten sich alle Schafe auf die Wiese und konnten das Glück kaum fassen. Sie umkreisten ehrfurchtsvoll ihren Retter und tauschten bedeutungsvolle Blicke aus. Überglücklich erinnerte sich das Schaf wie es als Held gefeiert und für seinen Mut bewundert wurde. Von diesem Tag an wurde es nie mehr verspottet oder ausgegrenzt.

Heiter beschrieb das Schaf abschließend wie sich einige Geschwister regelmäßig in dunkle Pfützen wälzen, um das Wollkleid schwarz zu färben. Keiner konnte sich erklären, wie es gelungen war, den Wolf zu vertreiben. Sie vermuteten, dass das schwarze Wollkleid mutig macht und den Wolf verjagen kann.

Aufmerksam hatte Kilian zugehört und freute sich gemeinsam mit dem schwarzen Schaf über die positive Kehrtwende der früheren traurigen Geschichte.

EIN DUMMER ESEL

Mit jedem Tag, den Kilian bei Ovedus verbrachte, gewann er immer mehr Selbstvertrauen. Abends saßen sie zusammen und unterhielten sich oft bis in die Nacht. Kilian hing an Ovedus Lippen. Er fand Gefallen daran, viel zu lernen und fühlte sich wie ein Entdecker auf Reisen, der die Geheimnisse der Welt erforscht. Mittlerweile wusste er, dass weder der Zirkus noch der Porzellanladen der richtige Ort für ihn waren und ahnte, dass seine Bestimmung eine andere war. Vielleicht war es seine Bestimmung hier bei Ovedus zu bleiben, um das erworbene Wissen aus den wunderbaren Geschichten und seine eigenen

Erfahrungen weiterzugeben. Wie immer freute er sich auf seinen nächsten Besuch.

Ein Esel, der von sich behauptete, ein dummer Esel zu sein, hatte sich angekündigt. Tänzelnd spielte der Esel an der Kette am Höhleneingang und erfreute sich an den Klängen des Glockenspiels. Kilian begrüßte den Esel freundlich: „Hallo Esel, es scheint, dass du Freude an der Musik hast."

„Das tut mir leid, ich bin ein dummer Esel", entschuldigte sich der überraschte Esel, weil er nicht bemerkt hatte, dass der Elefant sein Spiel mit der Glockenkette beobachtete.

„Es braucht dir nicht Leid zu tun. Du hast mich nicht verärgert, im Gegenteil, es hat sich wunderbar angehört. Komm rein", ermunterte Kilian den verlegenen Esel, der mit seinen großen Ohren wackelte.

In der Höhlenkammer angekommen fragte Kilian den Esel, warum er meinte, ein dummer Esel zu sein. Der Esel erzählte: „Nun, ich bin eben einer. Das sagen viele. Am liebsten würde ich den ganzen Tag lang singen und tanzen. Das macht mir sehr viel Spaß."

„Da ist doch nichts Dummes dabei. Es ist schön, dass du singst und tanzt. Auch ich hatte meine Freude daran", antwortete Kilian.

„Das sehen die meisten aber anders. Meine Lehrerin zum Beispiel sagt, ich sollte mich auf Mathematik konzentrieren, anstatt immer nur vor mich hin zu singen. Mein Vater sagt, ich bin ein dummer Esel und aus mir wird nichts, wenn ich so weitermache. Er sagt auch, dass ich mich in Mathematik mehr anstrengen muss, damit ich später seinen Marktplatz leiten kann", entgegnete der Esel.

„Würde dich das interessieren, den Marktplatz deines Vaters zu leiten?“, fragte Kilian.

„Nein, lieber würde ich die Leute auf dem Marktplatz unterhalten und für sie singen und tanzen“, antwortete der Esel mit einem Lächeln im Gesicht bei dem Gedanken ans Tanzen und Singen.

„Warum machst du das dann nicht?“, wollte Kilian wissen.

„Ich kann nicht. Mein Vater sagt, dass ich es nicht schaffen werde, mit Singen und Tanzen allein, gut durch das Leben zu kommen. Er sagt, dass ich später meine eigene Familie ernähren und Verantwortung übernehmen muss“, antwortete der kleine Esel niedergeschlagen.

Kilian wollte die bedrückende Atmosphäre ändern. Er erinnerte sich an eine von Ovedus Geschichten, die ihm einst selbst viel Kraft gegeben hatte.

„Mein lieber Esel, darf ich dir eine Geschichte erzählen?“, fragte Kilian.

„Ja, bitte. Ich mag Geschichten sehr“, freute sich der Esel.

Kilian lehnte sich an die Höhlenwand, entspannte sich und begann zu erzählen:

„Es war einmal ein Hühnerstall auf einem Bauernhof in den Bergen. Dieser Hühnerstall befand sich in unmittelbarer Nähe zum Gehege der Bergziegen. Die Hühner blickten tagein tagaus in das Gehege und bewunderten die Ziegen dafür, dass sie so spielerisch über die Berge sprangen. Eines Tages beschlossen die Hühner einen Wettlauf zu veranstalten. Ziel des Wettlaufes war es, die Spitze des großen benachbarten Berges zu erklimmen. Aufgeregte Hühner hatten sich versammelt, um den Artgenossen, die sich für den Wettlauf begeistern konnten, zuzuschauen und sie anzufeuern. Der Wettlauf begann. Eigentlich hatte kein Huhn daran geglaubt, dass auch nur eins die Bergspitze erreichen würde. Schließlich waren es Hühner und keine Bergziegen. Von den meisten Zuschauern war nur zu hören: „Die Armen, sie werden es sowieso nicht schaffen." Je höher die Hühner stiegen, desto besorgter wurde das Publikum. Es rief: „Kommt zurück, ihr schafft es nicht und brecht euch noch das Genick!"

Tatsächlich begannen nacheinander die teilnehmenden Hühner aufzugeben. Sie kehrten um und bestätigten: „Stimmt, es ist nicht zu schaffen."

Außer einem Huhn, das weiterhin versuchte die Bergspitze zu erklimmen. Das Publikum rief: „Du dummes Huhn, komm runter, du schaffst es nicht!" Doch das Huhn gab nicht auf und kletterte stur unter größter Anstrengung nach oben. Schließlich stand das Huhn allein und glücklich auf dem Gipfel. Zurück im Hühnerstall mutmaßten alle Hühner, warum es dieses eine Huhn geschafft haben könnte.

Ein besonders neugieriges Huhn fragte den Sieger direkt, wie es ihm gelingen konnte, den Wettlauf zu gewinnen. Als das Huhn auf die Frage überhaupt nicht reagierte und auch bei Nachfragen keine Antwort gab, merkten die Hühner plötzlich, dass das Siegerhuhn taub war und somit die anderen Hühner gar nicht hören konnte."

Kilian verstummte. Der Esel hatte seine Ohren kerzengerade aufgerichtet und blickte Kilian an. Nach einer Pause des Nachdenkens fragte er: „Heißt das, dass ich nicht auf meinen Vater hören soll? Ist das nicht unanständig?"

„Lieber Esel, dein Vater meint es gut mit dir. Höre

ihn an und zeige Verständnis für seine Worte. Doch sei taub, wenn dir dein Vater und andere in deiner Umgebung sagen, dass du etwas nicht schaffst und deine Träume nicht erreichen kannst. Du bist nicht auf der Welt, um die Träume deines Vaters zu erfüllen. Du bist dazu da, um deine eigenen Träume zu verwirklichen. Würde das Huhn in der Geschichte die anderen Hühner im Publikum hören können, würde es vermutlich den Kampf aufgeben. Da es nur seine innere Stimme hatte, konnte es den Wettlauf gewinnen", antwortete Kilian.

„Und wenn das stimmt, was mein Vater sagt?", bezweifelte der Esel.

„Lieber Esel, du kamst zu mir und hast dich als dummer Esel vorgestellt. Das heißt, du hast angefangen zu glauben, was dir die anderen sagen. Das passiert von allein. Je öfter du gesagt bekommst, dass du dumm bist und es nicht schaffst, desto stärker werden diese Gedanken und desto mehr fängst du an, sie zu glauben. Wenn du selbst daran glaubst, dass du es nicht schaffst und diese Gedanken ständig wiederholst, werden sie zu deiner Wirklichkeit. Du wirst dann ähnlich wie die Hühner, die aufgegeben haben, sagen: „Es ist nicht zu schaffen", erklärte Kilian.

„Was kann ich also tun?", fragte der Esel.

„Singe und tanze so viel du magst. Werde ganz besonders gut darin. Zweifle nicht daran, dass du es schaffen kannst. Stell dir genau vor, wie du in Zukunft auf dem Marktplatz stehst und mit deinem Singen und Tanzen die Menschen begeisterst. Stell dir vor, wie stolz dein Vater auf dich ist. Wiederhole diese schönen Gedanken regelmäßig. Sage dir, ich bin ein erfolgreicher tanzender und singender Esel", bestärkte Kilian sein Gegenüber.

„Und das funktioniert?“, fragte der Esel skeptisch.

„Sobald du beginnst, an deine Träume zu glauben, sobald du überzeugt bist, deine Ziele zu erreichen. Dann wirst du auch andere davon überzeugen und keiner wird mehr sagen, dass du ein dummer Esel bist“, sprach Kilian und lächelte.

Der Esel stand auf und tanzte singend vor sich hin. Er war sichtlich erleichtert und bedankte sich bei Kilian. Am Höhleneingang spielte er nochmals mit der Glockenkette und verschwand alsbald tanzend im Wald.

Gedankenversunken blieb Kilian am Höhleneingang stehen und schweifte seinen Blick in die Ferne.

Es fiel ihm leicht, anderen Tieren geduldig zuzuhören und sie auf ihre Stärken hinzuweisen. Doch was war mit ihm? Was war mit seiner eigenen inneren Stimme? Wo war sie all die Zeit geblieben? Kilian genoss die frische Luft und die Stille der Natur. Er schloss die Augen und hörte sie plötzlich wieder, seine innere Stimme. Sanft flüsterte sie ihm zu: „Lauf Wambua, lauf!“ Wer oder was war Wambua?

DER ÄNGSTLICHE AFFE

Die Tage vergingen, Blätter fielen von den Bäumen und der Sommer verabschiedete sich. Das Kerzenlicht im gewölbten Steinfelsen nahm zu und spendete Wärme und Licht. Kilian schaute oft in das warme orangeglühende Kerzenlicht und verlor sich gern darin.

Die nächtelangen Gespräche mit Ovedus waren seltener geworden, sie saßen oft schweigend zusammen und jeder hing seinen eigenen Gedanken nach.

Eines Abends wurde ihr stilles Beisammensein durch das Läuten der Glockenkette am Eingang unterbrochen. Da der Waschbär vor sich hindöste und schon fast im Tal der Träume war, ging Kilian zum Höhleneingang.

Am Tor war er sehr überrascht, dass niemand zu sehen war. Mit suchenden Blicken rief er: „Hallo, ist da jemand?“

Seine Frage blieb unbeantwortet, nichts tat sich und die Glocke schaukelte leicht im Wind. Vielleicht hat keiner geklingelt und das Geräusch hatte nur ein starker Windstoß verursacht?“, fragte sich Kilian und wollte zurückgehen.

Kaum hatte er sich umgedreht, hörte er im Hintergrund lautes Rascheln. Draußen war es inzwischen fast dunkel, doch konnte Kilian noch erkennen, dass sich die gegenüberliegenden Baumbüsche sehr stark bewegten. Es bestand kein Zweifel, jemand versteckte sich dort und beobachtete ihn. „Hallo, ich weiß, dass da jemand ist. Wer immer du auch bist, du brauchst dich nicht zu verstecken. Bei uns bist du in Sicherheit“, versprach Kilian.

Nach wenigen Minuten trat wippend ein Schimpanse mit dichtem Pelz hervor und schaute den Elefanten mit ängstlichen, großen Augen an. In seiner hervorstehenden Schnauze war der Ausdruck von Misstrauen eingegraben. Seine runden Ohren zitterten und der Affe stand unsicher auf seinen Beinen.

„Guten Abend, mein Name ist Kilian und ich freue mich, dass du dich aus deinem Versteck getraut hast“, begrüßte Kilian den Affen und fragte: „Wer bist du?“

„Mein Name ist Fred und ich habe gehört, dass ihr mir helfen könnt.“

„Das werden wir sehen, komm mit rein und wir unterhalten uns“, lud Kilian den Affen ein.

„Können wir uns nicht lieber hier draußen unterhalten?", fragte der Affe.

Kilian spürte, dass der Gedanke die Höhle zu betreten, dem Affen Angst einjagte, und war mit dem Vorschlag einverstanden. Ohnehin war er lange nicht mehr an der frischen Luft gewesen.

„Was führt dich zu uns und wie können wir dir weiterhelfen?", fragte Kilian.

„Ich will zurück nach Afrika", antwortete der Affe voller Sehnsucht.

„Du bist aus Afrika!", staunte Kilian. „Und wie kommst du dann hierher?", fragte er schnell weiter, um den Affen zum Sprechen zu ermuntern.

„Das ist eine längere Geschichte", gab sich der Affe erneut wortkarg.

„Ich mag Geschichten sehr. Bitte erzähle sie mir", bemühte sich Kilian.

„Also gut. Es war ein ganz normaler Tag. Ich hüpfte von Baum zu Baum und spielte mit meinen Geschwistern unser geliebtes Versteckspiel. Meistens gelang es mir, mich so zu verstecken, dass meine Geschwister mich nicht finden konnten. Auch diesmal war ich auf der Suche nach einem besonderen Versteck und fand es, dachte ich jedenfalls als ich eine kleine Höhle im Baumstamm entdeckte. Ich schlüpfte hinein, und ehe ich mich versah, fiel ein Stahlgitter hinunter und ich saß in der Falle. Was dann passierte kann, ich gar nicht sagen. Ich erinnere mich, dass ich irgendwann in einem gefliesten, großen Glaskasten auf einem Baumstamm aufwachte. Durch die Glasscheibe starrten mich viele Menschengesichter an und winkten mir zu. Mein größter Albtraum ist wahr geworden. Ich saß im Zoo, ganz allein auf einem Baumstamm und war weit weg von meinen Geschwistern. Im Dschungel habe ich Geschichten über den Zoo gehört, doch war keiner von uns Affen sicher, ob diese Geschichten frei erfunden oder echt waren. Sie waren echt, wie ich feststellen musste", erzählte der Affe erregt.

Kilian fühlte sich sofort an den Zirkus erinnert und konnte sich sehr gut in den Affen hineinversetzen. Deshalb interessierte ihn sehr, wie es der Affe geschafft hatte, dem Zoo zu entkommen und fragte nach.

„Das hat gedauert. Vermutlich verbrachte ich etliche Monate im Glaskasten. Tagtäglich brütete ich über einen Plan, aus dem Glaskasten auszubrechen. Meine einzige Möglichkeit aus dem Zoo zu fliehen, war mein Tierpfleger Günter. Er putzte meinen Glaskasten und versorgte mich mit Futter. Günter war ein lieber Kerl, der sofort versuchte mein Vertrauen zu gewinnen. Viel Zeit verbrachte er mit mir und ließ sich Einiges einfallen, um mich bei Laune zu halten. Er hatte die Schlüssel zum Glaskasten und damit auch die Schlüssel in die Freiheit. Mein Plan ging auf. Ich freundete mich mit Günter an und spielte täglich mit ihm. Er brachte Seile mit und befestigte sie an der Decke, so dass sie wie Lianen herunterhingen. Das war meine Rettung. Eines Tages war es dann soweit. Es brach mir zwar das Herz, aber ich konnte nicht anders. Ich fiel über Günter her und band seine Beine und Hände mit dem Seil zusammen. Er versuchte sich zu wehren, doch es zeigte sich, dass ein Mensch schwächer als ein Schimpanse ist. Schnell gab er auf und ließ mich machen. Darüber wunderte ich mich sehr. Ich nahm den Schlüssel aus seiner Tasche und öffnete das Tor in die Freiheit. Ich schaute mich ein letztes Mal um, und auf Günters Gesicht war ein Lächeln zu sehen. Sekunden später war ich frei und hüpfte auf den nächsten Baum.

Ohne anzuhalten hangelte ich mich über Dächer und Bäume, bis ich in den Wald erreichte. Dort traf ich die Spatzen, die mir von dir erzählten."

Gespannt hörte Kilian zu und war voller Bewunderung über den Mut des Affen, der so ängstlich wirkte. Seine Geschichte hatte viel mit seiner eigenen zu tun und daher zog ihn der Affe stark in seinen Bann.

„Das war sehr mutig von dir. Und jetzt willst du zurück nach Afrika?", vergewisserte sich Kilian.

„Genau", antwortete der Affe überzeugt.

„Und warum bist du zu mir gekommen?", fragte Kilian direkt.

„Der Weg nach Afrika ist, wie die Spatzen sagen, sehr lang. Ich fürchte, dass ich es allein nicht schaffen werde. Unterwegs muss ich ein ziemlich breites Wasser überqueren, sagen die Spatzen. Doch ich kann nicht schwimmen", stöhnte Fred. „Das Schlimmste wäre, dass ich Afrika nicht erreichen und nie wiedersehen werde. Das Allerschlimmste wäre, dass ich als Nichtschwimmer ertrinke", erwiderte der Affe bedrückt und wurde still.

Auch Kilian sagte nichts und spürte die Schwere auf seinem Rücken. Dann fragte er: „Wie kann ich dir helfen, deine Angst zu überwinden?"

Fred überlegte, kratzte sich am Kopf, zog die Unterlippe über die Oberlippe und schaute zu Boden. Plötzlich strahlte er Kilian an.

„Ich könnte jemanden suchen, der den Weg mit mir gemeinsam geht. Jemand, der das gleiche Ziel hat und gut schwimmen kann", rief der Affe begeistert.

„Das ist eine gute Idee“, antwortete Kilian.

„Doch wo finde ich bloß so jemanden?“, fragte der Affe mehr sich selbst als Kilian und ließ Kopf und Schultern hängen.

Erneut trat Stille ein, wieder grübelte Fred. Dann stellte er sich majestätisch vor Kilian. Sein Blick sprach Bände, als hätte er die Lösung gefunden.

„Ich hab es!“, rief der Affe, „Ich hab es!“, wiederholte er und begann zu tänzeln. Keine Spur von Angst, ein anderer Affe tanzte vor Kilian.

„Du kannst mich begleiten!“, rief der Affe.

„Ich?“, fragte Kilian entgeistert. „Warum ausgerechnet ich?“

„Das ist doch klar. Du bist ein Elefant und kommst auch aus Afrika. Du gehörst hier genauso wenig hin. Was macht denn ein Elefant mitten im Wald in einer Höhle? Das Wichtigste ist, dass du schwimmen kannst“, sagte der Affe.

„Ich kann schwimmen? Da weißt du mehr als ich. Wie kommst du auf die Idee, dass ich schwimmen kann?“, fragte Kilian.

„Weil ich es gesehen habe. In Afrika leben viele Elefanten. Sie durchqueren die Weiten Afrikas und scheuen kein Wasser. Sie können schwimmen und wenn sie schwimmen können, dann kannst du das auch“, sprudelte es aus Fred.

Das Herz von Kilian schlug wie wild. Seine innere Stimme meldete sich unüberhörbar: „Lauf Wambua, lauf“. Hatte der Affe ihm die Antwort gebracht? Es soll mehrere von seiner Sorte geben und offenbar wusste der Affe, wo sie anzutreffen waren.

„Bist du dir ganz sicher, dass du andere Elefanten gesehen hast?“, vergewisserte sich Kilian.

„Glaube mir, ganze Elefantenherden habe ich

gesehen. Bitte, bitte, komm mit mir!", flehte der Affe.

Kilian war verwirrt. Wer half hier wem? Tausende Bilder schossen ihm durch den Kopf. Er erinnerte sich, wie er am Bachufer von der Steppe träumte, er erinnerte sich an seinen bisherigen Weg. Dann dachte er an Ovedus, den klugen, alten Waschbären. Konnte er ihn allein lassen und mit dem Affen davonziehen?

„Ich weiß nicht, mein lieber Freund Ovedus hat viel für mich getan und kann meine Hilfe gut gebrauchen. Ich bin ihm sehr dankbar und fühle mich verpflichtet", antwortete Kilian.

Fred, der Affe, blickte traurig zu Kilian. Er hatte sich zu früh gefreut. „Es war dumm von mir hierher zu kommen und dich um Hilfe zu bitten. Wie konnte ich glauben, dass mir jemand die Angst nimmt, der sich selbst vor Angst in die Hosen macht", sagte der Affe verzweifelt.

Seine Worte trafen Kilian mitten ins Herz. Er ahnte, dass der Affe die Wahrheit sprach, und schmerzhaft spürte er die Kette an seinem Bein.

Genau in diesem Moment erschien der kluge, alte Waschbär im Höhleneingang.

Kilian fühlte sich ertappt.

„Sieh an, sieh an! Kilian, du verlässt mich also morgen", sprach Ovedus.

Der Affe zeigte sich verwundert, noch wusste er nicht, dass Ovedus die Gabe hatte in die Herzen anderer hineinzuschauen.

Kilian schluckte und wollte gerade etwas sagen, als Ovedus ihn mit einer wohlwollenden Geste unterbrach: „Mein lieber Gefährte, mein lieber Freund. Was auch immer du jetzt sagen willst, ich bin nicht in der Lage, die Stimme des Verstandes zu hören. Meine Gabe ist es, die Stimme des Herzens zu hören. Deine Stimme höre ich deutlicher als je zuvor. Du willst nach Afrika mit diesem Affen, die Zeit ist gekommen. Mach dir um mich keine Sorgen. Ich werde zurechtkommen. Du bist nicht auf der Welt, um dein Leben mit mir zu teilen. Du hast deinen eigenen Lebensweg und der wird dich mit diesem Affen nach Afrika führen. Es wurde ohnehin Zeit, dass du weiterziehst. Du hast alles gelernt, was nötig ist, mehr könnte ich dir nicht geben. Alles ist gut", endete der kluge Waschbär nüchtern, konnte jedoch seine Wehmut über den kommenden Abschied nicht verbergen.

Traurig und glücklich zugleich schaute Kilian den Affen an und augenblicklich hüpfte dieser auf Kilians Rüssel und umklammerte ihn herzlich.

„Das scheint, wie ich sehe, der Anfang einer großen Freundschaft und eines großen Abenteuers zu werden", sprach Ovedus gerührt.

Inzwischen war es Mitternacht geworden und für einen sofortigen Aufbruch zu spät. Fred nahm die Einladung in der Höhle zu übernachten dankend an. Kilian zog sich zum allerletzten Mal in seine Schlafhöhle zurück, wehmütig und mit Vorfreude.

Am nächsten Morgen schenkte Ovedus den Beiden eine Landkarte, die den Weg nach Afrika aufzeigte.

„Meine lieben Freunde, ihr habt eine spannende Reise vor euch. Nehmt diese Karte mit. Es ist ein langer Weg. Teilt ihn und eure Kräfte gut ein. Genießt eure gemeinsame Zeit und euren gemeinsamen Weg. Und bevor wir nun alle sentimental werden, macht, dass ihr hier wegkommt."

Kilian umklammerte den Waschbären voller Dankbarkeit mit seinem Rüssel, hob ihn hoch und schaukelte ihn zu seiner Freude in der Luft. Der Waschbär lachte aus tiefstem Herzen, der Affe tanzte derweil auf Kilians Rücken. Überschwänglich genossen alle drei diesen letzten, magischen Moment. Kilian begriff: Es gibt keinen Anfang ohne ein Ende und kein Ende ohne einen neuen Anfang.

WAMBUA UND DER AFFE AUF DEM WEG

Es spendete ihnen Kraft, gemeinsam den Weg zu gehen. Dank seines neuen Kameraden war es für Kilian nun um einiges bequemer, den dichtbewachsenen Wald zu durchqueren. Fred hangelte sich von Baum zu Baum und brach die spitzen Tannenzweige ab, damit Kilian leichter zwischen den Bäumen hindurchpasste. Der Affe hatte sichtlich Spaß daran, die Zweige abzubrechen.

Tagelang waren sie unterwegs und ernährten sich von den Früchten, die die herbstliche Natur noch anzubieten hatte. Die Kletterkunst des geschickten Affen war bewundernswert, denn er kam an jede

Baumspitze heran, um Nahrhaftes zu ergattern. Es blieb Kilian erspart, sich wieder von bitter schmeckenden Tannenzweigen ernähren zu müssen.

Unterwegs erzählten sie sich ihre Geschichten. Fred berichtete über Afrika und seine Vielfalt, über die Elefantenherden, die er gesehen hatte und schwärmte von diesem Kontinent, wo er sich zu Hause fühlte. Kilian lauschte hingerissen und beschrieb, wie er ebenfalls eines Nachts angekettet aufwachte, einige Jahre im Zirkus lebte und dort die Eule traf, die ihm die Augen öffnete. Er schilderte seine Erfahrungen im Porzellanladen und mit Frau Reineke, was Fred an mancher Stelle besonders erheiterte. Auch Kilian musste lachen, wenn er daran dachte, dass ein Tier seiner Größe tatsächlich auf die Idee kam, in einem Porzellanladen zu arbeiten.

Gemeinsam lachten sie und durchquerten dabei fröhlich Wiesen und Täler, passierten Bergpässe und vergaßen darüber häufig die Zeit. Täglich wurde sichtbar, wie gut sie sich ergänzten und wie viel Freude sie miteinander hatten. Sie liefen ihrem Ziel entgegen, doch war unwichtig, wann sie ankommen würden.

Bis der bewusste Tag bevorstand, vor dem sie sich beide gefürchtet hatten. Eines Nachmittags gelangten sie an die stark durchströmte Meerenge. Am anderen Ufer wartete Afrika, der Kontinent ihrer Träume. Auf dem Rücken des Elefanten stehend, reckte Fred seinen Hals und blickte sehnsüchtig hinüber. Es waren die Erinnerungen an dieses Paradies, die ihm die Kraft gaben, aus dem Zoo auszubrechen und den weiten Weg mit seinem Freund auf sich zu nehmen.

Beide waren wie elektrisiert. Da standen sie nun,

Afrika war nah und fern zugleich, wenn sie auf die starke Strömung der Meerenge blickten. Jetzt war der Moment, wo sie sich ihrer Angst stellen mussten. Kilian hatte große Angst. Zwar hatte der Affe erzählt, dass Elefanten gute Schwimmer seien, doch selbst war er noch nie geschwommen. Ein starkes Kribbeln durchströmte seinen Körper und das Herz schlug schneller. Dem Affen erging es nicht anders, er krallte sich, so fest er konnte, an Kilian. Durch die Haut hindurch spürte Kilian den schnellen Pulsschlag des Affen, der dem Rhythmus einer Achterbahn ähnelte.

Das Weite suchen oder in das kalte Wasser springen? Seiner Angst nachgeben oder sich ihr stellen? Diese Fragen blitzten Kilian sekundenschnell durch den Kopf als sie plötzlich wieder da war, seine innere Stimme, die sagte: „Lauf Wambua, lauf!"

Entschlossen gab Kilian seinem Affenfreund ein Zeichen und näherte sich langsam dem Ufer. Bedächtig tauchte er seine Vorderbeine ins Wasser und ging vorsichtig ein paar Schritte. Ehe er sich versah, zog die starke Strömung seinen Körper in die Tiefen und riss ihn in die Fluten. Fred krallte sich noch fester und schrie wie am Spieß. Panik überfiel Kilian, mit diesem Sog hatte er nicht gerechnet. Ohne nachzudenken, wie ein automatischer Reflex, paddelte er gegen die Strömung. Auch mit aller Kraft paddelnd schien es trotzdem aussichtslos, lebend das andere Ufer zu erreichen. Die Strömung zog sie immer weiter mit sich. Es kam Kilian wie eine Ewigkeit vor, dass er paddelte und paddelte. Das waren die schlimmsten Augenblicke seines Lebens, denn mit nachlassender Kraft sah er sich und den Affen in den Tiefen untergehen. Es war genau wie damals, schoss es ihm durch den Kopf, als er gegen die Kette im Zirkus kämpfte, bis er ohnmächtig umfiel.

Diese Gedanken wurden schnell von Anfeuerungsrufen des Affen unterbrochen, der unaufhörlich schrie: „Du schaffst das mein Freund! Du hast es gleich geschafft! Du bist mein Held! Schwimm! Schwimm!" Fred war wie im Rausch und die Worte drangen durch jede Faser bis in Kilians letzte Zelle. Das Anfeuern des Affen und der eigene Überlebenstrieb mobilisierten ungeahnte Energien und wie hypnotisiert paddelte Kilian aus Leibeskräften.

Schließlich spürte er Boden unter den Füßen, sie hatten das andere Ufer erreicht! Mühsam stolperte Kilian aus dem Wasser und plumpste auf den Boden. Eine bis dahin nichtgekannte Erschöpfung nahm von seinem Körper und Verstand Besitz. Unterdessen tanzte und hüpfte Fred auf Kilians Rücken und sang voller Glück: „Wir haben es geschafft! Wir haben es geschafft! Du bist mein Held! Wir haben es geschafft!" Hurtig sprang er vom Rücken und wollte die Freude mit Kilian teilen. Er tanzte hin und her und merkte dabei nicht, dass Kilian gar nicht reagierte. Erst nach einigen Freudentänzen fiel ihm auf, dass der Elefant seinem Glücksrausch nicht folgte.

„Du kannst jetzt nicht schlafen, mein Freund, wir haben etwas zu feiern", rief der Affe. Kilian blieb stumm. Nervös lief Fred auf und ab, kratzte sich hastig am Kopf und zog ab und zu am Rüssel. Fred sprang auf Kilians Rücken herum, und als das nicht half, schrie er direkt in die großen Elefantenohren. Nichts passierte. Beängstigende Unruhe überkam den Affen. Er versuchte an mehreren Stellen der Elefantenhaut einen Herzschlag zu hören. Doch er hörte nichts. Dem Affen wurde schwindelig. War sein Freund vor Anstrengung tot umgefallen? Besorgt zog Fred an seinen Pelzhaaren und lief verwirrt hin und her. Stunden vergingen; sein Freund, der ihn sicher nach Afrika brachte, lag nach wie vor reglos am Ufer. Traurig legte sich Fred neben Kilian und stülpte sich dessen Ohr über seinen pelzigen Affenkörper. Er fühlte sich mutterseelenallein.

Am nächsten Morgen wachte Fred am Strand auf. Zuerst wusste er nicht, wo er war, doch schnell kamen die Bilder der vergangenen Ereignisse wieder zum Vorschein. Er stutzte, wo war Kilian? Weit und breit war nichts vom großen Elefanten zu sehen. Solch großes Tier kann sich nicht einfach in Luft aufgelöst haben. Fred sprang auf den nächstgelegenen Baumstamm und kletterte bis zur Spitze hinauf. Er blickte sich suchend um und wäre beinahe heruntergefallen als er Kilian an einem Baum genüsslich Blätter futtern sah. Der Affe traute seinen Augen nicht und dachte, dass er träumte. In Windeseile kletterte er vom Baum und wippte zur Wiese, auf der er Kilian geortet hatte. Tatsächlich, da stand er in voller Pracht und war putzmunter. Kilian bemerkte seinen Freud und begrüßte ihn fröhlich: „Guten Morgen Schlafmütze, auch schon wach?“

Fred klappte der Unterkiefer runter und wie versteinert stand er mit offener Schnauze und aufgerissenen Augen vor Kilian.

„Was ist denn los? Hast du etwa einen Geist gesehen?“, wunderte sich Kilian.

Fred vergoss Freudentränen und umklammerte den Rüssel mit einer Leidenschaft, dass er Kilian fast die Luft zum Atmen nahm.

Der Affe schrie: „Du lebst, du lebst!“

„Ich weiß. Ich weiß. Wenn du aber weiterhin derart fest drückst, dann vermutlich nicht mehr lange“, antwortete Kilian immer noch verdattert über das Verhalten des Affen.

„Womit verdiene ich diese herzliche Begrüßung?“, fragte Kilian, als Fred endlich losließ.

„Ach nichts. Einfach nur so. Du bist mein Held, du hast uns sicher nach Afrika gebracht“, antwortete Fred.

„Hast du etwa daran gezweifelt?“, fragte Kilian.

Der Affe rollte mit den Augen und stieß ein langes „Mhm“ aus, bevor er grinsend antwortete: „Nicht eine Sekunde lang.“

„Komm spring auf“, sagte Kilian, „wir haben noch einen Weg vor uns.“

DAS KAMEL IN DER WÜSTE

Beharrlich liefen sie ihrem Ziel entgegen und legten täglich mehrere Kilometer zurück. Immer tiefer tauchten sie in die Landschaft Afrikas ein. Kilian bereitete es große Freude zu laufen. Er fühlte zunehmend stärker, dass er seinem natürlichen Instinkt folgte.

Sie durchstreiften Steppenlandschaften, die sich durch knorrigen Boden, einzelne Buschgruppen und lustige Baumarten auszeichneten. Diese Bäume sahen anders aus, als die, die er bisher gesehen hatte. Einige von ihnen hatten einen dicken aufgeblähten Stamm und wurden nach oben hin schlanker. Sie sahen wie

Flaschen aus. Der harte, knorrige Boden wurde mit jedem zurückgelegten Schritt weicher und sandiger und das Landschaftsbild verwandelte sich in ein Sandmeer. Der Blick auf die Karte verriet den beiden, dass eine Wüste vor ihnen lag und sie einen schwierigen und lebensbedrohlichen Weg einschlugen. Der Affe stieg nicht mehr vom Rücken des Elefanten, viel zu heiß war der Sand für seine Pfoten. Mühsam bewegte sich Kilian durch die weichen und heißen Sanddünen. Die Sonne prallte mit ihrer ganzen Kraft. Nirgends war ein Baum zu sehen, kein einziger Grashalm wuchs aus dem Sandboden. Soweit das Auge reichte, folgte Sanddüne auf Sanddüne, bis die Aussicht am Horizont in ein verschwommenes und wackeliges Bild mündete.

In Kilian wuchs die Sorge, dass sie keine Wasserquelle und nichts Essbares finden werden. Stehenzubleiben würde bedeuten, dass sie sich ihrem Schicksal ergeben und auf ihr Ende warten. Umzukehren machte auch keinen Sinn, denn sie hatten sich von der letzten Wasserquelle zu sehr entfernt und würden es nicht dorthin zurück schaffen. Die einzige Möglichkeit, die Aussicht auf Wasser brachte, war, konsequent weiterzulaufen.

Kilian beendete seinen stummen Monolog. Mit Galgenhumor wandte er sich seinem Gefährten zu: „Das ist also das Paradies, von dem du mir vorgeschwärmt hast?“

Empört gestikulierte Fred. „Ich hatte keine Ahnung! Das ist nicht das Afrika, das ich kenne. Mein Afrika ist grün, mit vielen Bäumen zum Hangeln und ganz vielen unterschiedlichen Tieren. Das hier ist ein anderer Planet!“, schimpfte er lautstark.

Kilian vergewisserte sich nochmals auf der Landkarte und beruhigte seinen Kameraden: „Wir sind richtig, Fred. Afrika ist weitaus größer als du dachtest. Du hast nur einen Teil kennengelernt und bist davon ausgegangen, dass es überall in Afrika gleich aussieht."

Wieder vertieft in die Landkarte, entdeckte Kilian einen grünen Fleck, der sich in unmittelbarer Nähe befand. Motiviert, diesen möglichst schnell zu finden, mühte er sich zielstrebig durch den weichen, heißen Sand.

Tatsächlich erreichten sie bald eine saftig grüne Oase, die mitten in der Wüste zur wohlverdienten und langersehnten Erholung einlud. Fred und Kilian waren überglücklich und ihnen fiel ein Stein vom Herzen. Sofort tauchte Kilian seinen Rüssel in die Wasserquelle und tankte sich voll. Fred sammelte inzwischen Datteln, die sie sich im schattigen Schutz der Palmen nach dem überaus anstrengenden Marsch schmecken ließen. Beide spürten, dass es nun wirklich nicht mehr weit sein konnte. Die Landkarte verriet ihnen, dass sie unterwegs noch einige Oasen aufsuchen können. Damit wuchs die Zuversicht, den Marsch durch die Wüste zu schaffen.

Während des Ausruhens bekamen sie Gesellschaft. Ein einsames Kamel gesellte sich zu ihnen und begrüßte sie mit einem herzlichen: „Salam alaikum."

Da nur wenige Tierarten die Wüste durchquerten, freute sich das Kamel offensichtlich darüber, dass sich ein Elefant und ein Affe in die Wüste wagten. Es war ein redseliges Kamel und bis in die späte Nacht lauschten Kilian und Fred seinen Geschichten, die sie in die Geheimnisse der Wüste einweihten. Die Wüstenbesucher wunderten sich sehr, dass ein Kamel in einer derart einsamen und trostlosen Region leben konnte, in der es wenig zu essen gab und in der so gut wie niemand und nichts anzutreffen war. Genau darin lag der Zauber und das Geheimnis der Wüste, erklärte ihnen das Kamel.

Die unbeschreibliche Landschaft, die dem Auge nur den Sand und den freien und klaren Himmel zum Schauen bot, regte die Fantasie an und sorgte dafür, dass der Geist selbst die Bilder schuf. Für das Kamel war die Wüste ein Ort, an dem alles möglich war. Angeregt durch diese Weite, malte sich das Kamel Welten aus, die es verzauberten und in denen es alles sein konnte, was es sich auch wünschte. Mal verwandelte es sich in einen Adler, kreiste frei am Himmel und schaute auf die Erde hinunter, mal tauchte es in die Welt der Naturwunder ein und verwandelte sich in Regen. Nichts war unmöglich, es konnte das tun, was immer es tun wollte und das sein, was immer es sein wollte. Sein Geist war frei, es hatte nur wenig Ablenkung und Vorgaben. Das war der Wüste zu verdanken.

Fred und Kilian saugten jedes Wort begierig auf. Kilian freute sich über diese andere Sichtweise auf die Wüste. Er verstand, was ihnen das Kamel sagen wollte. Egal wie das Leben um einen herum aussah, egal wo man sich befand, egal welche Reize die Außenwelt bot oder nicht, im Geist sind wir frei. Im Geist können wir uns die Welt selbst gestalten und das sein, was wir wirklich sein wollen.

„Außerdem ist es nirgendwo auf der Welt so ruhig, wie hier in der Wüste“, schwärmte das Kamel. Auch das war Teil der Magie, die es in der Wüste zu finden galt. Keine Stimmen, keine lauten Geräusche, nur das Wehen des Windes war zu hören. Je länger die Stille anhielt, desto hörbarer wurde die Stimme, die oft verborgen lag und kaum zu hören war. Das Kamel sprach von der inneren Stimme, die jedem Wesen flüstert, was sein Herz begehrt. Da das Kamel stets seine innere Stimme hörte und sich danach richtete, lebte es im Einklang mit sich selbst und war zufrieden und glücklich. Auch das verdankte es dem Zauber der Wüste.

Von den Geschichten des Kamels verzaubert, brachen Kilian und Fred am nächsten Tag auf und waren offen für die Geheimnisse der Wüste. In sich gekehrt meisterten sie Sanddüne um Sanddüne. Tatsächlich öffnete sich bald ihr Geist und brachte verblüffende Welten hervor, in denen sie sich stark und groß fühlten. Kilian sah sich inmitten einer Elefantenherde einem glühend roten Sonnenuntergang entgegenlaufen und fühlte Geborgenheit und Anerkennung. Seine innere Stimme wurde hörbar und flüsterte ihm zu: „Lauf Wambua, lauf!"

Auch Fred machte seine Fantasiereisen.

Nach und nach verwandelte sich die Landschaft. Der Boden wurde fester, erste Büsche und einzelne Bäume sichtbar - ein Zeichen, dass sie langsam aber sicher die Wüste verließen. Das Laufen wurde einfacher, sie trafen wieder zahlreiche Wasserquellen und erfreuten sich an den Früchten der Natur. Je weiter sie sich von der Wüste entfernten, desto grüner und üppiger wurde die Landschaft. Das war endlich das Afrika, von dem Fred berichtet hatte. Obwohl sich Kilian freute, dass sie kurz vor dem Ziel waren, fürchtete er den Moment, wo sich ihre Wege trennen werden. In dieser Gegend lebten die Affen und vermutlich auch Freds Brüder und Schwestern.

Fred wurde immer aufgeregter - sein Herz sagte ihm, dass er bald zu Hause sein würde. Er konnte nicht mehr still sitzen und rutschte unruhig umher. Bestimmt ahnte er, dass ihre Reise demnächst vorbei sein würde, bestimmt verspürte auch er eine gewisse Wehmut. Sie hatten sich aneinander gewöhnt. Sie sprachen nicht darüber, Worte hätten nicht ausdrücken können, was sie jetzt empfanden.

Dann war es irgendwann soweit. Fred stand plötzlich wie eine gerade Eins auf Kilians Rücken und legte die Hand an die Stirn, um seinen Blick zu schärfen. Das, was sich in den entfernten Baumgruppen bewegte, waren Freds Brüder und Schwestern. Als sie die beiden Freunde entdeckten, die ersten Schrecksekunden vorüber waren, stürzten alle Affen von den Bäumen und rannten wild durcheinander auf Kilian und Fred zu. Spontan sprang Fred von Kilians Rücken und raste seinen Geschwistern entgegen. Unmittelbar vor Kilian türmte sich ein undurchschaubares Affenbündel auf, das Fred aufsog und nichts mehr von ihm zu sehen war. Übermütig stießen die Affen unglaubliche Freudenschreie aus und Kilian gab sich Mühe, seine Tränen zu unterdrücken. Das muss ein wundervolles Gefühl sein, angekommen zu sein, dachte Kilian. Nach all der Zeit, in der Fred seine Familie vermisste, nach all der Zeit des Kampfes, war er nun da, wo er sein wollte. Seine Fantasiereise wurde zu seiner Wirklichkeit. Kilian freute sich für Fred und hoffte, sein Weg würde ein ähnlich gutes Ende nehmen.

Nachdem der erste Begrüßungssturm verweht war und Fred sich beruhigt hatte, wandte er sich Kilian zu. Beide schauten sich lange und warmherzig an, beide hatten Tränen in den Augen. Sie fanden weder Worte, noch wären Worte nötig gewesen. Ihre Blicke sagten alles, was gesagt werden müsste. Dankbarkeit und

Freude mischten sich mit Traurigkeit und Abschiedsschmerz. Fred umklammerte Kilians Rüssel, hielt ihn minutenlang fest in seinen Händen bis er sachte losließ. Kilian zeigte mit seinem Rüssel in Richtung Affenfamilie und gab Fred zu verstehen, dass er nun gehen sollte.

Sie lächelten sich noch einmal zu und Fred verschwand im Dickicht der grünen Bäume. Stille trat ein. Kilian verweilte noch einige Zeit an diesem Ort und hing seinen Gedanken nach, ehe er allein seine Reise fortsetzte.

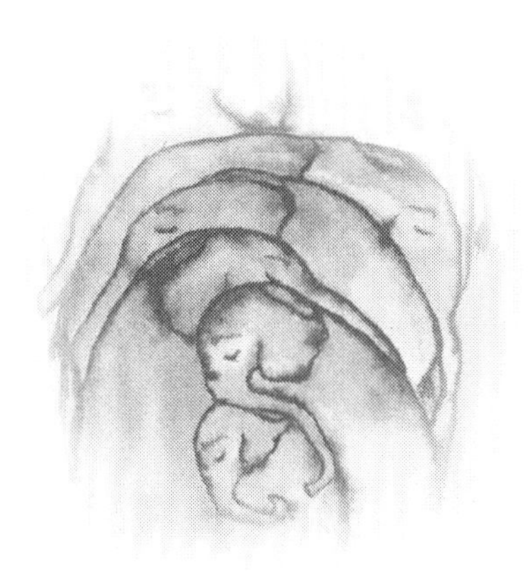

WAMBUA AM ENDE SEINES WEGES

Kilian hatte gelernt, dass ein Ende auch immer bedeutet, dass etwas Neues beginnt. Dennoch vermisste er den Freund sehr auf seinem einsamen Weg durch Afrika. Mit jedem Tag, der verging, mit jedem Abend, den er allein in der afrikanischen Wildnis verbrachte, wuchs die Sehnsucht nach Geselligkeit.

Jetzt wusste er, dass auch für ihn der Zeitpunkt gekommen war, die Fantasie von einem Leben in einer Elefantenherde endlich wahr werden zu lassen.

Unterwegs wiesen ihm Geparden, Löwen und Zebras den Weg. Alle behaupteten, dass sie Elefanten gesehen hätten und dass er schon in ihrer Nähe sei.

Eines Abends, als Kilian gerade seinen Schlafplatz vorbereitete, lugte aus einem Gebüsch ein langer großer Rüssel hervor. Es schien, als hätte ein anderer Elefant die gleiche Idee gehabt und auch im Busch seinen Schlafplatz gefunden. Da der Rüssel keine Regung zeigte, vermutete Kilian, dass sein Artgenosse bereits im Schlaf versunken war. Aufgeregt freute sich Kilian, endlich traf er auf ein Wesen seiner Art. Im Schneckentempo und äußerst vorsichtig schlich er zum Busch. Keineswegs wollte er das Tier erschreck-en und aus seinem Schlaf reißen.

Als Kilian näher kam und tiefer ins Buschinnere schauen konnte, erschrak er. Das war kein Elefant, der da im Busch schlief. Der Rüssel war an einem Minikran auf Rädern befestigt und mit einer kleinen Glaskabine ausgestattet. Was um Himmelswillen sollte das sein, fragte sich Kilian. Wagemutig blickte er in die Glaskabine. Offenbar schlief da jemand, offenbar war es ein Mensch. Argwöhnisch musterte Kilian die schnarchende Gestalt. Irgendwie kam ihm diese Gestalt bekannt vor; den dicken Bauch und die kurzen Beine hatte er schon mal gesehen. Sein Blick kreiste durch die Kabine und blieb beim angelehnten Gehstock hängen. Es war nicht irgendein Stock. Es war ein Stock, dessen Griff zu einem Elefantenkopf geformt war. Kilian erstarrte, vor ihm schnarchte der Zirkusdirektor. Schlagartig wurden Erinnerungen wach und bis dahin nicht gekannte Bilder kamen hoch. Urplötzlich konnte er sich an diese Rüssel-attrappe erinnern, daran, dass er als Babyelefant verängstigt im Staub nach seiner Mutter suchte und verzweifelt nach einem Rüssel griff. Danach wachte er im Zirkus auf. In dieser Sekunde verstand Kilian, was damals passiert war. Wut stieg in ihm auf. Der

Zirkusdirektor hatte ihn entführt, am Pflock angekettet, dressiert und gefangen gehalten. Offensichtlich war er wieder auf der Jagd nach einem kleinen Elefanten, der der Rüsselattrappe zum Opfer fallen sollte. Kilian war kurz davor die Glaskabine zu zertrümmern, unendlich groß war seine Wut. Während er seine Gedanken sortierte, wachte der Zirkusdirektor auf und ein ängstliches, bleiches Gesicht starrte Kilian an. Der Zirkusdirektor griff hektisch nach seinem Gehstock und fuchtelte damit herum. Unverzüglich langte Kilian nach dem Stock und zog Herrn Buntstern aus dem Schutz seiner Kabine. Da hing er nun in der Luft, hielt sich krampfhaft an seinem Gehstock fest und sah in seinem gestreiften Pyjama lächerlich und hilflos aus. Nicht zu fassen, dachte Kilian, dass diese Kreatur so viel Macht über ihn ausüben konnte. Jahrelang bestimmte dieser Mensch seinen Tagesablauf, jahrelang gaukelte er ihm vor, er wäre sein Freund.

„Kilian, mein Freund, du bist es“, sprach der Zirkusdirektor. Offenbar erkannte er ihn auch.

„Kilian, ich erkenne dich an deinen Narben. Habe keine Angst, Kilian. Ich tue dir nichts, also tue du mir auch nichts.“

Das Gerede des Zirkusdirektors machte ihn nur noch wütender. Was bildete der sich ein? Wer sollte hier Angst haben? Längst besaß er keinerlei Macht mehr über Kilian. Ein einziger Stoß würde genügen und der Zirkusdirektor hätte seine letzten Worte gesprochen. Da hing er am seidenen Faden und spielte noch den Überlegenen.

„Na komm schon Kilian, töte mich, wirf mich gegen den nächsten Felsen. Na los, mach schon. Oder hast du etwa Angst?“, provozierte der Zirkusdirektor.

Die Angriffslust in Kilian wurde größer, sein ganzer Körper zitterte und alles in ihm begehrte auf. Doch Kilian zögerte.

„Du bist immer noch ein kleiner Elefant, Kilian. Nicht mal das kannst du. Du hast Angst, du hast Angst. Na los mach schon, töte mich“, schrie der Zirkusdirektor.

Wider Erwarten stellte Kilian den Zirkusdirektor mit hasserfülltem Blick auf den Boden. Er drehte sich von ihm weg und verwendete all seine Wut darauf, die Rüsselattrappe in tausend Stücke zu reißen, so dass innerhalb kürzester Zeit nichts von ihr übrig blieb. Der Zirkusdirektor beobachtete wie versteinert den Wutausbruch und den Untergang seiner Erfindung. Irritiert fragte er Kilian: „Warum hast du mich nicht getötet?“

Kilian rückte hautnah an ihn heran, bückte sich und blickte ihm tief in die Augen. Dem Zirkusdirektor blieb der Atem weg. Sein Blick zollte den größten Respekt. Die Knie schlotterten ihm so sehr, dass er umfiel.

Wortlos wendete sich Kilian ab und ging. Ohne die Attrappe konnte der Entführer keinem etwas antun. Aufgewühlt wie Kilian war, beschloss er, die Nacht durchzulaufen und fragte sich, warum er dem Zirkusdirektor nichts angetan hatte. Was hätte es ihm genutzt? Ja, es war eine traurige Tatsache, dass der Zirkusdirektor ihm großes Leid zugefügt hatte - doch würde ein Racheakt nichts daran ändern. Er hatte sich damals befreit und in den vergangenen Jahren immer mehr zu sich selbst gefunden. Letztendlich haben auch diese schmerzhaften Erfahrungen dazu beigetragen, dass er bis hier gekommen war.

Kilians Wut verlor mit jedem Schritt an Gewicht.

Er dachte an all die Tiere, die ihm wohlwollend oder hilfreich begegnet waren und von denen er etwas gelernt hatte. All dies hatte ihn zu dem Elefanten wachsen und werden lassen, der er heute war. Er fühlte sich frei und reich, reich an positiven Erfahrungen, Begegnungen und Erlebnissen. Es war an der Zeit, sich endgültig von den Ketten in seinem Kopf zu lösen. Er beschloss, dem Zirkusdirektor zu verzeihen. Kilian war stolz auf sich und wie ein großer Elefant richtete er seinen Blick nach vorne.

Als am nächsten Morgen die Sonne strahlte, erfreute sich Kilian an dem wunderschönen Anblick seiner Umgebung. Der Wind streichelte sanft durch die Gräser, aus den Büschen ertönten heitere Laute, soweit das Auge schauen konnte, erblickte es eine grüne Naturlandschaft vor einem blauen Himmel. Kilian fühlte die reine Morgenbrise, es roch nach Frische, es roch nach Neuanfang und Kilian umschlich ein seltsames, mulmiges Gefühl.

Gekrönt wurde dieses neuartige Gefühl der Reinheit, als Kilian ein Wasserloch entdeckte.

Sobald er in das kühle Wasser eintauchte, fiel die Spannung des letzten Marsches von seinen Gliedern. Das Wasser tat ihm gut und umhüllte ihn wie ein weiche Decke. Kilian tauchte unter und fühlte sich federleicht. Spielerisch wälzte er sich von einer Seite zur anderen und genoss diesen Augenblick. Alles fiel von ihm ab und ein rundum wohliges Gefühl trat ein. Langsam streckte er den Kopf aus dem Wasser und öffnete seine Augen, um sich der afrikanischen Naturschönheit zuzuwenden. Das verschwommene Bild klärte sich allmählich auf und Kilians Blick blieb am Ufer hängen.

Unmittelbar am Wasserloch reihten sich anmutsvoll und in imposanter Erscheinung mehrere Elefanten auf.

Kilian traute seinen Augen nicht. Sein Herzschlag schien für einen Augenblick auszusetzen und im ersten Impuls tauchte er wieder unter Wasser. Sein langersehnter Moment war gekommen. Jetzt könnte er das schützende Wasser verlassen und sich diesen Elefanten in seiner ganzen Größe und Erscheinung zeigen. Er atmete tief durch und erhob sich Stück für Stück aus dem Wasser. Die anderen Elefanten bemerkten Kilian, reckten ihre Köpfe, stellten ihre Ohren auf und schauten ihn neugierig an. Vom Wasser gereinigt stand Kilian vor ihnen und ließ zu, dass alle Blicke auf ihn gerichtet waren. Er merkte, dass sie die Narben auf seiner Haut und besonders die am linken Hinterbein intensiv musterten.

Eine alte Elefantenkuh trat vor und gab Kilian mit ihrem Rüssel ein Zeichen, näher zu kommen. Kilian folgte der Einladung. Alle Elefanten versammelten sich in einem Halbkreis um ihn herum. Dann sprach die alte Elefantenkuh:

„Wer bist du, fremder Elefant, und woher kommst du?“

Kilian zögerte kurz und antwortete: „Mein Name ist Kilian und ich komme von weit her.“

„Was sind das für Narben und wie hast du sie bekommen?“, fragte die Elefantendame.

„Das ist eine sehr lange Geschichte. Es ist meine Lebensgeschichte, die ich auf der Haut trage“, antwortete Kilian.

Die Elefantenkuh drehte sich zu den anderen Elefanten und gab ihnen ein Zeichen. Daraufhin setzten sie sich und warteten gespannt.

„Wir wollen deine Geschichte hören. Wir haben alle Zeit der Welt und lieben Geschichten", antwortete die Elefantendame.

Kilian begann zu erzählen und nahm die Elefanten auf eine Reise quer durch sein bisheriges Leben mit. Angefangen von der Kindheitserinnerung an Afrika, über die Erfahrungen im Zirkus und Porzellanladen, den Aufenthalt bei Ovedus, bis hin zur Reise mit Fred, erzählte Kilian seine Geschichte. Er schilderte die Begegnungen mit der weisen, weißen Eule und den Spatzen, die ihn zum Waschbären geführt hatten. Er ließ sie teilhaben an Erlebnissen von Tieren, die er bei Ovedus kennengelernt hatte und berichtete detailliert über die Reiseabenteuer.

Mit leuchtenden Augen und höchst aufmerksam lauschten die Elefanten.

Kilian beendete seine Ausführungen, erhob sich und stand einen Moment lang einer schweigenden und reglosen Mauer gegenüber. Als wären die Elefanten aus Stein, als hätte jemand die Welt auf stumm geschaltet.

Eine unheimliche Stille herrschte, bevor tosender Applaus einsetzte. Die Elefanten stellten sich auf ihre Hinterbeine, klatschen stürmisch und bekundeten somit ihre Wertschätzung. Ihre Blicke waren voller Wärme und Bewunderung. Kilian fühlte sich angenommen.

Die alte Elefantenkuh schenkte Kilian einen liebevollen Blick und gab der Herde ein Zeichen zum Aufbruch. Die Elefanten setzten sich in Bewegung, reihten sich hintereinander auf und fingen an zu laufen. Die Elefantendame folgte ihnen.

Kilian stand am Ufer und schaute den Elefanten wehmütig nach. Die wenige Zeit, die er mit ihnen verbracht hatte, gab ihm das Gefühl zu Hause und angekommen zu sein. Unendlich traurig darüber, dass die Herde ohne ihn aufbrach, fühlte er sich verlassen.

Einige Meter waren die Elefanten bereits entfernt, da drehte sich die Elefantendame abrupt um und hielt Ausschau nach Kilian. Sie blieb kurz stehen und rief ihm zu: „Lauf, großer Elefant, lauf Wambua, lauf!“

Kilians Körper war von Glück durchströmt und sofort in Bewegung. Wambua? Moment Mal, dachte er, die Stimme kennst du doch. Das ist doch deine innere Stimme!

Erneut rief die Elefantendame klar und deutlich: „Lauf Wambua, lauf!“

Kein Zweifel, diesmal war die Stimme echt, keine innere Stimme, die zu ihm sprach. Er war am Ziel seiner Sehnsucht angekommen. Wambua war endlich zu Hause. Rasant holte er die Herde ein und lief mit ihr fröhlichen Herzens in die lichtdurchflutete Weite Afrikas.

ÜBER DEN AUTOR

Andrzej Frydryszek (*1980) ist selbstständiger Coach, Trainer und Kunst- und Kreativitätstherapeut und als solcher in der freien Wirtschaft unter der Marke Elephant-Skills unterwegs. Mit acht Jahren zog er mit seiner Familie aus Polen ins bunte Berlin, wo er bis heute lebt. Bei seiner täglichen Praxis begleitet der studierte Kulturwissenschaftler Menschen bei ihrer persönlichen Weiterentwicklung. Seine Freizeit verbringt er am liebsten beim Yoga oder bei ausgedehnten Naturspaziergängen mit seinem Hund; stets dabei: Sein Glückselefant.

Mehr? Gern: www.elephant-skills.com

Printed in Poland
by Amazon Fulfillment
Poland Sp. z o.o., Wrocław